우리의 정원

우리의 정원

김지현
장편소설

사□계절

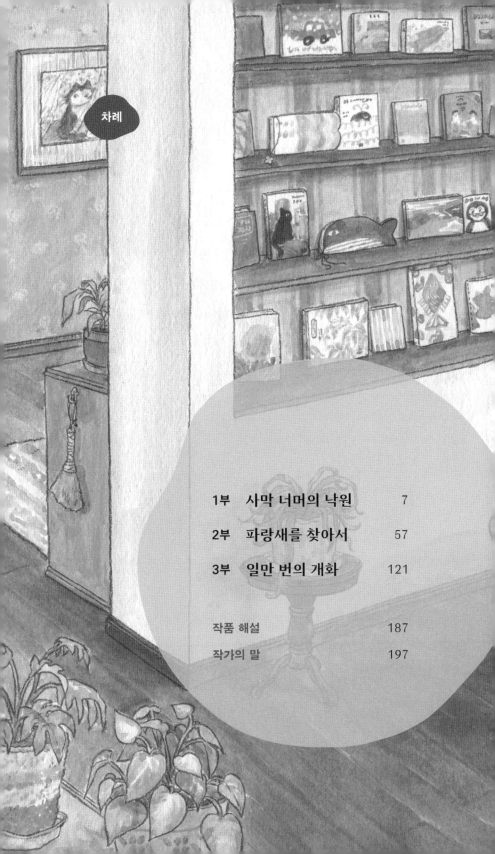

차례

1부

사 막

너 머 의

낙 원

♪

모니터 화면이 잠시 어두워졌다. 새카만 화면 위에서 내가 나를 바라보고 있다. 나는 도망치듯 시선을 피했다.

오늘 올라온 영상은 16분 7초. 이 정도면 집중해서 한 번에 볼 수 있는 길이다. 나는 주저 없이 '다시 보기'를 클릭했다. 익숙한 노래와 함께 타이틀 영상이 시작됐다. 파티 분위기로 꾸민 세트장에서 검정 슈트 차림으로 포즈를 취해 보이는 에이세븐 멤버들의 모습이 차례로 지나갔다.

아마 자기 전 눈을 감고서도 이 컷들을 그대로 떠올릴 수 있지 않을까? 나는 잠시 멍해졌다.

― 형, 형. 여기 봐 봐.

― 그건 왜 들고 있는 거야.

― 내가 일일 감독이야. 자, 한마디 해 보시죠.

― 음, 안녕, 여러분.

카메라를 향해 J가 손을 흔들어 보인다. 미소 짓고는 있지만 경직된 입가에, 목소리는 잠겨 있다. 형, 뭐라도 좀 해 봐. 갑자기? 뭘 할까? 아무거나. 아무거나가 뭔데? 별 의미 없는 대화가 이어진다. J는 피곤한 것 같기도 하고, 기분이 좋지 않은 것 같기도 하다.

나는 화면에 조금 더 다가갔다.

형은 역시 노잼이야. W가 장난스럽게 쏘아붙이고는 앵글을 휙 돌려 다른 멤버에게로 걸어간다. 아냐, 아직 안 돼. 재생 바를 옮겨 몇 초 전 장면을 다시 보았다. J는 여전히, 카메라 렌즈가 아닌 그 뒤에 있을 W를 보면서 말하고 있다. 그냥 귀찮았던 건가? 아냐. 나는 멋대로 해석하지 않으려고 애쓰며 J를 바라보았다. 아무리 보아도, 아무리 집요하게 그 눈을 좇아도 어긋나기만 한다.

카메라 앞에선 W와 H가 숏폼에서 유행하는 춤 동작을 하면서 놀고 있다. 그 뒤로, 소파에 기대앉아 눈을 감은 J가 보인다. 무슨 생각을 하고 있을까. 너무 멀리, 작게 보인다. 눈을 감았다 뜨면 그대로 사라지고 없을 것만 같다.

그에게 몰두하고 그를 좇을 때면, 내가 숨은 쉬고 있는지, 눈은 깜빡이고 있는지도 잊어버린다. 여기 있는 나는 지워지고, 내가 바라보는 그 사람들만 존재하는 것 같다. 나는 그들이 나를 살게 하는 사람이라는 것을 안다. 나를 살게 하는 사람은 나를 죽일 수 있는 사람이라는 것도.

♪

체육복으로 갈아입고 교실에 돌아오자 혜수와 주원의 모습이 보이지 않았다. 말도 없이 둘이서 먼저 나간 걸까, 마음이 초조해졌다. 반 아이들은 교실 앞문으로 나가고 있었다.

나는 책상 위 물건들을 분주하게 정리했다. 아무도 나를 찾지 않는 쉬는 시간이면 자주 하는 짓들이다. 재킷 주머니도 뒤적거려 보고, 서랍 속 필통을 책상 위로 꺼냈다가 다시 넣는, 의미 없는 행동들.

"정원아! 교실에 있었어? 그것도 모르고 탈의실에서 내내 기다렸네."

"아! 미안."

"얼른 나가자, 늦겠어."

혜수가 내 손목을 잡았다. 계단을 내려가는 내내 한쪽 팔이 굳어 버린 것처럼 불편했다. 주원은 이미 저 앞에 있다.

새 학기가 시작한 지 벌써 한 달이 지났다. 새로운 반이 만들어지면 아이들은 분주해진다. 서로가 어떤 타입인지 탐색하고, 어느 무리에 들어가 누구와 어울려야 할지 기민하게 자기 자리를 찾는다. 한 달이면 사실상 끝난 게임이다. 한두 명 정도가 더해지고 빠질 수는 있겠지만, 보통은 학기 초에 만들어진 무리가 끝까지 가게 된다. 새로운 학교, 새로운 반에서 내가 어쩌다 앉게 된 자리는 여기였다. 초중고 내내 같은 학교를 다니면서 둘도 없는 단짝으로 지내 온 혜수와 주원의 근처 어디.

"정원아, 어제 늦게 잤어?"

"응? 왜?"

"눈이 되게 피곤해 보여."

"아, 몇 시에 잤더라. 3시쯤?"

내 말에 혜수의 눈이 커졌다. 그 시간까지? 뭐 했어? 묻는 말에 나는 잠깐 머뭇거렸다.

"공부하느라?"

"아, 그건 아니고. 할 일이 좀 있어서."

"그렇구나."

혜수가 천천히 고개를 끄덕였다. 궁금한 게 남았지만 묻지 못하겠다는 표정이 언뜻 스쳤다. 혜수도 아직 나를 어색해하는구나. 혜수가 고개를 돌려 이번엔 주원에게 물었다.

"이주원, 넌 몇 시에 자?"

"나? 몰라. 그때그때 다른데. 너는?"

"나도."

둘은 조금 심드렁한 투로 말을 주고받았다. 나는 어색하게 미소만 지었다.

셋이 있을 때 하는 대화는 주로 이런 것들이다. 오늘 날씨 좀 덥지 않아? 한국사 수행 평가 다 했어? 아까 영어 쌤 기분 완전 안 좋아 보이더라, 뭐 그런. 상대가 누구여도 할 수 있고, 돌아서면 금방 잊어버릴 가벼운 얘기들.

저 둘만 있을 때는 진짜 얘기를 할까? 하지만 진짜 얘기라는 건 도대체 뭔지, 그런 게 정말 있는지도 모를 일이다. 나의 진짜 얘기가 무엇인지 내가 모르는 것처럼.

오늘 체육 수업은 배드민턴이다. 선생님은 둘씩 짝지어서 서브 연습을 하라고 말하고는 체육관으로 들어가 버렸다. 우리 반은 총 스물일곱인데, 둘씩 짝지으라니. 선생님은 사소하다고 여기는 일들이 어떤 학생에겐 잔인하게 느껴질 수도 있다는 사실을 정말 모르는 걸까?

아이들이 그늘을 찾아 모여들었다. 나는 혜수와 주원을 따라 농구대 옆 빈자리에 어색하게 앉았다. 물끄러미 농구대를 올려다보았다. 골대의 링이 저만치 멀어 보였다.

멤버들이 농구를 잘했던가? 리얼리티 프로그램에서 족구나 탁구 경기를 하는 건 봤어도, 농구공을 가지고 노는 걸 본 기억은 없다. 운동장에선 겨우 세 쌍의 아이들만 셔틀콕을 주고

받고 있다. 저 무리에 속해 있었다면, 나도 아무 불만 없이 신나게 배드민턴을 치고 있었을지 모른다.

작년에 운동회 콘셉트로 찍은 '자컨(자체 콘텐츠)'에서 배드민턴 단식 경기를 했었지. 잔디는 푸르고, 새들은 짹짹 울고, 새파란 하늘 위로 셔틀콕이 산뜻하게 포물선을 그리며 반대편으로 날아갔다. 운동장을 한참 뛰어다니면서 멤버들은 땀도 흘리지 않았다. 그런 사람들은 햇볕에 양 볼이 보기 싫게 달아오르지도, 인중이나 목뒤에 땀이 줄줄 흐르지도 않을 거야. 회색 옷을 입었다가 땀으로 민망한 얼룩이 지는 일도 절대, 절대 없을 테지.

탁 트인 잔디 운동장 위, 봄날의 햇살과 불어오는 바람이 냈을 향기가 그려졌다. 상상 속에서 나는 그날로 돌아가 있었다. 사실 그 자리에 있지 않았는데도.

"옆집 언니가 사대부고거든. 거긴 칼라가 세일러복처럼 생겼어."

"그래도 난 우리 동복에 비하면 하복이 나은 것 같은데."

"주원이 너는 은근히 우리 교복 좋아하더라? 암튼 이렇게 생겼어."

혜수와 주원은 아까부터 우리 학교 하복 이야기를 하고 있다. 혜수가 뾰족한 돌멩이로 운동장 흙바닥에 뭔가를 그렸다. 셔츠인지, 종이비행기를 그린 건지 헷갈렸다. 나는 말없이 그냥 고개만 끄덕였다. 사실 별로 궁금하지도 않았다.

나는 우리 반 아이들을 천천히 둘러보았다. 눈이 마주치지 않도록 조심스럽게, 티 나지 않게 살폈다. 삼삼오오 친한 무리끼리 모여 앉아 있다. 각각의 무리에선 지금 무슨 얘기를 하고 있을까? 아이들마다 일정한 주파수를 가지고 있다면 어떨까. 라디오를 듣는 것처럼 나는 나와 맞는 주파수를 찾을 수 있고, 주파수를 조정하면 다른 무리의 얘기를 들을 수도 있는 거다. 그렇다면 아이들이 어떤 얘기를 자주 하는지, 몰두하는 게 뭔지 알 수 있을 텐데.

저 애들은 어떤 교집합으로 묶인 관계일까? 출신 학교일까, 성격일까, 아님 설마 성적일까. 저 애랑 친해져야지, 하는 의도만으로는 막상 가까워질 수 없듯이 정말 자연스럽게, 언제 친해졌는지도 모르는 사이에 친구가 된 거겠지.

나는 사람과 사람이 만나 서로를 끌어당기는 과정이 너무 의아하고, 또 신기하다. 일만 개의 관계가 있다면, 양쪽을 끌어당긴 일만 개만큼의 연이 있었을 텐데. 아무리 생각해도 그런 건 어떻게 만들어지는 건지 감이 오지 않는다.

저 중에 같은 아이돌을 좋아한다는 이유로 묶인 애들은 없는 걸까? 아이돌을 좋아한다고 해도 나와 같은 그룹을, 나만큼 좋아하는 아이가 과연 있을까? 덕후는 덕후를 알아보기 마련인데, 그럴 가능성은 왠지 없어 보였다. 그렇다면 어떻게 친구를 만들어야 하지?

다시 혜수와 주원에게 눈을 돌렸다. 두 사람과 있을 때는,

무슨 말을 해야 할지 모르겠다. 그냥 예상 가능한 대답만 한다. 하자는 대로 움직이는 AI가 된 것 같다. 내가 이 둘과 친한 사이라고 말할 수 있을까?

나, 실은 어제 새벽 늦게까지 좋아하는 아이돌 영상을 봤어. 내가 흔히 말하는, 그 '덕후'야.

이렇게 말하면 두 사람은 어떤 반응을 보일까? 에이세븐 멤버가 몇인지 알긴 할까? 얼굴과 이름을 제대로 짝지을 수는? 같은 앨범을 몇 장이나 사고, 온종일 음원 스트리밍을 돌리는 걸 이해해 줄까? 보고 듣는 모든 것에서 늘 그들을 떠올리고 찾아내는 나에게 공감할 수 있을까?

나는 흥미가 없는 이야기를 억지로 들어 주고 맞춰 주는 사람들의 표정을 잘 안다. 눈만 봐도 알 수 있다. 그런 눈빛을 마주하면 어쩐지 좀, 움츠러드는 기분이다. 부정당하는 느낌이라고 해야 하려나. 나한테는 전부인 세계가 너무나도 보잘것없고 작아지는 것 같다. 나에게는 재미있고 중요하지만 상대는 시답잖아하며 금방 흘려버릴, 그런 얘기를 굳이 해야 하는 걸까?

수업 종료를 알리는 종이 울렸다. 혜수와 주원의 대화는 어느새 영어 수행 평가 얘기로 넘어갔다. 둘의 대화는 매끄럽게 이어졌다. 나는 반 정도 했어. 그 부분이 어렵더라. 적당한 말로 거들 수도 있지만 그만두었다. 해야 하는 얘기도 아니고, 하고 싶은 말도 아니다. 나는 말없이 라켓을 챙겨 일어났다.

♪

에이세븐은 1년에 두 번 컴백을 한다. 봄에 한 번, 가을에 한 번. 주로 새 학기가 시작할 때이거나, 중간고사 기간과 겹친다. 그래서 난 공개 방송 녹화에 한 번도 가 보지 못했다. 아무리 봐도 에이세븐의 공략층은 나 같은 고등학생이 아닌 게 틀림없다.

아침에 제출했던 휴대폰을 돌려받자마자 음원 스트리밍 앱을 켰다. 제발! 아주 간절한 마음으로 화면을 살펴보았다. 쉬지 않고 노래를 재생하면 뜨는 알림창과 함께 스트리밍이 끊겨 있다. 이런 젠장.

실시간 차트를 열어 보았다. 100위에서부터 천천히 올라가다, 50위까지만 보고 화면을 껐다. 그 위는 굳이 볼 필요가 없다. 에이세븐은 노래가 발표된 지 이틀만 지나도 탑100 차트에서 튕겨 나가 버린다. 왜 사람들은 에이세븐 노래를 듣지 않지? 다들 무슨 노래를 들으면서 사는 거야?

이번 앨범 수록곡과 타이틀곡을 적절히 섞어 만든 스트리밍용 플레이리스트를 재생시켰다. 순위를 올리려면 어쩔 수 없이 타이틀곡을 가장 많이 들어야 하지만, 요즘 꽂혀 있는 노래는 멤버 Y가 작곡에 참여한 수록곡이다. 시원하게 내지르는 구간이 되면 가슴이 벅차올라 온 동네에 외치고 싶다. 이게 청량이지! 이게 사이다라고!

언젠가 아이돌 인터넷 커뮤니티에서 에이세븐의 이미지를 운동부 청년들에 비유한 글을 본 적이 있다. 유쾌하고 건강한 기운이라고. 데뷔 초에는 그런 느낌이 나는 곡들이 많았다. 멤버들이 나이가 들고 연차가 쌓이면서는 딱딱 각을 맞춘 군무에 한껏 인상을 쓴 채 사랑에 괴로워하는 노래를 들고 나올 때가 많아졌지만. 나는 활동적인 옷차림에 똑같은 안무라도 각자의 개성에 따라 조금씩 다르게 추던 초창기 곡들이 훨씬 에이세븐답다고 생각한다. 아. 야자 시간에 갑자기 벅차올라 버리면 곤란하다. 나는 노래와 함께 고조되는 마음을 누르며 트위터를 열었다.

> 와, 오늘은 차트에 한 번을 못 들어오네

> 다들 스밍 하는 거 맞아?

달이에게서 분노에 찬 메시지가 도착해 있었다.

> ㅠㅠ 폰 제출해서 이제 봤어

> 어제 막내가 자기 친구 노래 홍보하는 인스타 올린 거 봤어?

> 누구는 듣고 싶은 노래 없는 줄 아나 봐

> 에이세븐은 안 듣는 에이세븐 노래

한 번에 너무 많이 보냈나. 내가 보낸 메시지들을 다시 읽어 보고 있는데, 새로운 메시지가 화면에 떴다.

> 웃긴 건 걔 친구는 에이세븐 신곡 홍보 따위 안 했다는 거지
>
> 나온지도 모를 듯
>
> 뭐 해?

고개를 들어 주변을 살폈다. 다행히 감독 선생님은 보이지 않았다.

> 지금 야자 중이야

메시지를 보내고 답장을 기다렸다.

> 아아
>
> 그렇겠다
>
> ㅋㅋㅋㅋㅋㅋㅋ 세상에나

왜 갑자기 웃는 거지? 새로운 소식이라도 있나? 일단 답장하지 않고 기다렸다. 하지만 달이는 아무 말이 없었다.

> 넌 뭐 해?

내 질문에도 달이는 답이 없었다. 혹시 선생님한테 걸린 건가. 만약 달이와 내가 같은 반이라면, 이렇게 마음 졸여 가며

메시지를 주고받지 않아도 될 텐데.

달이는 내 SNS 친구다.

1년 전, 달이는 팬 카페에 에이세븐 1집 앨범을 무료로 나눔해 주겠다는 글을 올렸다. 거기에 내가 댓글을 달면서 우리는 아는 사이가 되었다.

달이는 앨범 말고도 콘서트 굿즈인 부채와 스티커, 멤버들이 리얼리티 프로그램에서 먹었던 과자들을 한가득 넣어 보냈다. 나는 얼굴도 모르는 사람에게 그만한 호의와 친절을 받아 본 적이 없었기 때문에, 달이가 되게 인상 깊으면서도 금방 친근감을 느꼈다.

나는 달이가 올린 다른 글에서 트위터 아이디를 알아내 말을 걸었다. 수십 번 망설였지만, 달이의 팔로잉 목록을 보자나 하나쯤 추가돼도 달이에겐 별일 아닐 거란 생각이 들었다. 내 팔로잉 목록은 에이세븐과 소속사 공식 계정을 포함해서, 에이세븐과 관련된 계정뿐이었다. 하지만 달이의 목록에는 다른 아이돌 그룹의 팬들도 섞여 있는 데다 웃긴 짤과 밈, 귀여운 동물 짤, 온갖 정보봇…… 거기에다 어떤 카테고리로 분류할 수조차 없는 계정들까지 그때그때 새롭게 추가되었다.

서로의 생김새도 모르고, 직접 목소리를 들으며 대화해 본 적도 없지만 우리는 메시지만으로 아무에게도 하지 못했던 이야기를 맘껏 꺼내 놓을 수 있었다. 달이는 내가 어떤 이상한 말을 해도 다 받아 주었다. 달이에게 털어놓은 얘기들은 어디에도 새어 나갈 걱정이 없어서 좋았다. 우리는 학교로도, 사는 도시로도 엮여 있지 않고 공통으로 아는 친구도 없으니까.

달이가 말한 적은 없지만, 나는 달이가 내 또래 여자아이일 거라고 확신했다. 그런 건 그냥, 바로 알 수 있다. 달이가 하는 말, 쓰는 표현, 자기 취향이라며 추천한 노래와 책과 영화들. 그리고 택배 송장에 적혀 있던 둥글고 또박또박한 글씨체를 보면.

달이는 트위터 닉네임이 '달🌙'이었고, 내 닉네임은 최애 멤버인 J의 이름에 '가든'을 붙인 거였다. '가든아'는 어감이 별로였는지 달이는 금세 나를 '정원'이라고 불러서 결국엔 내 진짜 이름을 부르는 꼴이 되어 버렸다. 달이는 그게 내 본명인 줄도 모르겠지만.

달이와 대화할 때는 적당한 말을 골라내지 않아도 된다. 내 말에 무슨 표정을 짓고 어떤 눈빛을 할까, 의식하지 않고 편안하게 말할 수 있다. 직접 만난다면? 얼굴을 보고 얘기한다고 해서 달라질 건 없다. 달이 앞이라면 어색해하거나 긴장하지 않을 자신이 있다. 그건 달이이기 때문에 가능한 거다.

나도 학교야

달이에게서 답이 왔다. 달이도 학교에 있구나. 만약 우리가 같은 반이라면. 야자 시간에는 블루투스 이어폰을 연결해서 같은 노래를 듣고, 매점에선 W가 좋아하는 과자와 아이스크림을 사 먹겠지. 이미 수십 번은 그려 본 모습이었다.

> 그래 공부 열심히 하자!

> 하기 싫지만 ㅠㅠ

메시지를 보내고 휴대폰 화면을 껐다. 휴대폰을 서랍 깊숙이 넣었다. 복잡한 기분이 밀려들었다.

멤버들은 지금 뭘 하고 있을까. 에이세븐은 내가 볼 수 없는 곳에 있고, 나는 여기 앉아 방정식을 풀어야 한다. 내가 감히 가늠할 수 없을 정도로 그들과 멀리 떨어져 있다고 생각하면, 어쩐지 깊은 물속으로 천천히 가라앉는 것만 같다.

♪

집에 도착하니 언니가 와 있었다. 어, 왔네. 언니는 나를 흘끗 보고는 다시 뉴스 화면으로 눈을 돌렸다. 대학생인 언니는 학교 기숙사에서 지낸다. 언니는 내가 고등학교에 입학한 후로 처음 본다는 사실을 모르는 걸까.

언니의 시선은 TV 화면에만 고정되어 있다. 나는 조금 우두커니 서 있다가 내 방으로 들어갔다.

내 방은 나에게 가장 안전하고 안락한 곳이다.

그냥 둘러본다면 누구도 내가 아이돌 덕후라는 사실을 눈치채지 못할 거다. 하지만 에이세븐 팬이라면 바로 알 수 있다. 책상 위에 있는 간식, 늘 끼고 다니는 휴대폰 케이스, 침대 위 동물 캐릭터 인형. 그런 게 다 멤버들을 따라 산 것이니까. 사실 내 취향은, 잘 모르겠다. 그냥 멤버들이 라이브 방송이나 음악 방송 출근길에 가지고 나오고, 팬 커뮤니티에 구매 링크가 올라오면 나도 얼른 사는 거다. 살지 말지 고민하는 사이에 품절될 때도 자주 있으니까.

침대 밑엔 앨범과 굿즈를 넣어 둔 상자가 있다. 가족들은 아마 모르겠지. 출장 때문에 집에 없는 날이 많은 아빠는 웬만해선 내 방에 들어오는 일이 없고, 엄마도 내 방에 있는 물건 따위에는 별 관심이 없다. 멤버들의 캐릭터가 그려진 스티커를 봐도 그냥 문구점에서 파는 건 줄 알고 대수롭지 않게 넘길 거다. 언니는…… 글쎄. 언니는 어떤 반응일까? 자기가 준 용돈을 이런 데 쓴 거냐며 잔소리를 하려나? 나는 언니가 TV 예능이나 음악 방송을 재밌어하는 모습을 본 기억이 없다.

가방에서 참고서와 소설책을 꺼냈다. 이 책도 물론, 한 손에 늘 책을 들고 나타나는 리더 S가 추천해 학교 도서실에서 빌린 거다.

언니, 에이세븐 알아? 거기 리더가 독서광인데, 나도 따라 읽는 거야.

에이세븐이 뭔데?

아이돌 그룹.

아아.

언니에게 말을 꺼내 봤자, 아마 대화는 그렇게 끝날 거였다.

우리 언니와 나는 다섯 살 차이다. 내가 초등학교 1학년, 언니가 6학년이었던 그 1년 말고는 언니와 내가 집 밖에서 같은 울타리에 속한 적은 없다.

5년이라는 시간만큼 나보다 늘 앞서 있는 언니는, 지금 여기서 내가 바라보고 있는 걸 함께 봐 주진 못했다. 내 얘기를 들어 줄 사람이 간절하게 필요할 때 떠올리고 찾게 되는 사람은 가족 중 누구도 아니었다.

갈증이 났다. 문을 열고 거실로 나오자 온통 어두컴컴했다. 안방도, 언니 방에서도 아무런 기척이 없었다. 다들 벌써 잠자리에 든 모양이었다. 우리 집의 하루는 너무 일찍 끝나 버린다. 나는 소리를 내지 않고 천천히 물을 따라 마셨다. 내 방으로 돌아와 문을 닫았다.

모든 것이 너무, 적막하기만 하다. 나를 둘러싸고 있는 것들은 너무 조용하고, 단조롭고, 예측 가능하다. 그래서 나는 요란하고 시끌벅적한 것들, 반짝이고 화려한 것들에 그렇게 쉽게 홀려 버리는 걸까?

언제나 현실에 있는 것들, 내 손이 닿을 수 있는 거리에 놓인 것들은 나를 채워 주지 못했다. 그래서 나는 아주 멀리 있는 것들, 다시 태어나지 않는 이상 결코 닿을 수 없을 것들을 좋게 되는 건지도 몰랐다. 나는 이 슬픈 진리를 아주 오래전, 너무 일찍 깨달아 버렸다.

♪

5교시 수학의 여파가 컸는지, 아이들은 선생님이 나가자마자 책상 위로 픽픽 엎어졌다. 나도 책상에 엎드렸다. 수업 중에 쏟아지던 졸음이 이젠 싹 달아나 버렸는데도. 쿵쿵, 바스락, 탁, 누군가의 웃음이 터지는 소리. 보고 있지 않아서 그런 걸까, 작은 소리 하나하나까지 귀에 꽂혀 든다.

이렇게 눈을 감고 엎드려만 있으면 아무 일도 안 일어나지 않을까? 문득 떠오른 생각에 몸을 일으켰다. 혜수가 앞에 서 있었다. 혜수 혼자 내 자리에 온 건 처음이었다.

"저기."

혜수는 누가 엿듣기라도 하는 것처럼 주변을 둘러보았다.

"같이 매점 갈래?"

"……지금?"

"응."

"아, 그래!"

내가 거절할까 봐 걱정하는 건가? 혜수가 조금 긴장한 표정이라, 나는 대답과 동시에 벌떡 일어났다. 앞문으로 나가면서 주원의 자리를 돌아보았다. 주원은 체육복을 덮어쓴 채로 자고 있다.

점심을 먹고 한 교시밖에 지나지 않았는데도 매점은 북적
거렸다. 나는 W가 최애라고 말했던 과자를 골랐다. 별 모양에
초콜릿이 잔뜩 발린 과자다. W는 이 초코 과자를 앉은자리에
서 세 봉이나 먹은 적도 있다고 했다.

"정원아, 내가 사 줄게."

"아냐! 나도 돈 가져왔어."

"내가 오자고 했잖아."

혜수는 천 원짜리 세 장을 꺼내 매점 아주머니에게 내밀었
다. 혜수 손에는 이백 밀리리터 우유가 들려 있다.

"고마워. 잘 먹을게!"

"응."

"너도 먹어 봐. 이거 맛있어."

봉지를 뜯어 혜수 앞으로 내밀었다. 혜수는 태어나서 과자
를 처음 보는 사람처럼, 과자를 어디에 쓰는지 모르겠다는 사
람처럼 난처해진 얼굴로 물끄러미 보기만 했다. 내가 뭘 실수
했나?

"과자 안 좋아해?"

"……자주 먹진 않아."

혜수가 기운 없이 말했다. 나와 눈이 마주치자 어색하게 웃
어 보였다. 혜수의 웃는 얼굴을 이렇게 가까이서, 제대로 본
적은 처음인 것 같았다. 이렇게 작은 애였구나. 혜수는 웃는

표정을 짓는 것도 조금 버거워 보였다.

"잠깐 봐도 돼?"

혜수가 과자 봉지를 조심스레 가져갔다. 봉지 앞면과 뒷면을 번갈아 보는 듯했다. 뒷면의 영양 성분표에 혜수의 시선이 머물렀다.

"혹시 알레르기 있어?"

"……."

혜수는 아무 말도 하지 않았다. 혜수가 내 말에 반응하지 않은 건 처음이었다. 혜수는 뭔가를 들킨 사람처럼 조금 상기된 얼굴로 과자 봉지를 돌려주었다. 머쓱해진 건 난데, 왜 자기가 더 불편한 표정이지?

"아, 난 이 과자 좋아하거든. 누가 알려 줘서 처음 알게 됐는데, 맛있어. 근데 이게 은근 마이너 해서 아는 사람만 알고 아무 데서나 팔지도 않는 거 있지."

괜히 주절주절 말이 길어지고 있었다. 실은 좋아하는 아이돌의 최애 과자라는 말은 안 내뱉었으니 다행으로 여겨야 하나. 과자를 한 움큼 집어 입에 욱여넣었다. 헛소리를 더 내뱉지 않으려면 이렇게라도 입을 다물어야 할 것 같았다.

"……근데 우유 안 마셔?"

"응. 나중에."

혜수는 묘하게 내 눈길을 피하며 웃어 보였다.

우유라서 상온에 오래 두면 안 좋을 텐데. 하지만 이제 혜수에게는 먹을 걸 권하지 말자는 생각에 그냥 입을 닫았다.

우리 교실이 가까워졌다. 조금만 더 참고 가자, 생각한 순간 2반 뒷문에서 누군가 획 튀어나왔다.

"으악!"

"헐! 쏘리."

그 애는 나를 보더니 자기가 더 놀란 듯 눈을 동그랗게 떴다. 같은 중학교 출신인가? 낯익은 느낌이 들었다. 생김새가 익숙한 것도 있지만, 나를 아는 것처럼 갑자기 씨익 웃어서 더 그랬다.

"너도 그거 좋아하는구나."

"……예?"

"초코킥킥! 그거 맛있잖아!"

친한 사이라도 되는 양, 한껏 신난 목소리였다. 하나 달라는 뜻인가?

그때 예비 종이 울렸다. 복도에 나와 있던 아이들이 후다닥 교실 안으로 뛰어 들어갔다. 나와 얘기하던 아이도 씨, 하는 소리를 내뱉으며 잽싸게 복도 반대편으로 달려갔다.

"쟤, 9반 반장이네."

가만히 지켜보던 혜수가 말했다.

나는 H가 떠올랐다. H는 다른 멤버들 없이 어떤 예능 프로그램에 혼자 던져 놔도 형, 누나, 우리 친구, 하면서 처음 보는 사람들에게 서슴없이 다가간다. 난 당신이 궁금해, 그리고 당신도 결국엔 날 좋아하게 될 거야. H가 다른 사람을 바라보는 눈에는 그렇게 쓰여 있는 듯하다.

그런 사람들은 금세 티가 나기 마련이다. 아까 그 애도 그랬다. 누구 앞에 서도 긴장하지 않고 자연스러운 아이. 나처럼 마음의 창이 자기 안으로, 더 안으로만 열려 있는 게 아니라 바깥으로, 사람으로 열려 있는 아이.

혜수와 나는 교실로 들어와 각자의 자리로 돌아갔다. 혜수 쪽을 조심스레 돌아보았다. 혜수의 옆얼굴에는 아무런 표정이 없었다. 혜수의 창은 어디로 향해 있을까? 혜수는 과자를 좋아하지 않는다, 겨우 그런 것 말고 내가 혜수에 대해 우리 반 아이들보다 더 많이 아는 게 있긴 할까?

혜수는 그 뒤로도 종종 나에게 매점에 가자고 했다. 나는 이제 혜수 앞에서 초코킥킥을 사 먹지 않았다. 대신 캐러멜같이 값이 싸고 자그마한 것들을 골랐다. 혜수는 늘 우유를 샀다. 가끔은 빨대를 꽂아 아주 천천히, 조금씩 마시긴 했지만 그대로 교실까지 들고 가는 날이 더 많았다.

혜수가 미안해할까 봐 나도 혜수를 데리고 도서실에 가기도 했다. 혜수는 자기 계발서나 역사책을 빌리기도 했지만, 교실에서 책을 읽는 모습은 본 적이 없었다. 내가 먹고 싶지 않은 캐러멜을 사는 것처럼, 혜수도 읽지 않을 책을 굳이 빌리는 걸까. 우리는 서로에 대한 어색한 배려심으로만 삐거덕삐거덕 나아가는 관계인지도 모른다.

♪

7교시가 끝나면 20분간 청소 시간이다. 곧 중간고사여서인지 아이들은 청소를 대충 끝내고 다시 자리로 돌아가 앉았다. 나는 책을 챙겨 혼자 도서실로 향했다.

오늘은 반납만 하고 올 생각이었다. 도서부원 아이가 책을 스캐너로 찍으며 나를 힐끔거렸다. 대출대에 자주 앉아 있는 애라 낯이 익었다.

"오늘은 혼자네?"

나한테 하는 말은 아니겠지? 나는 멀뚱히 서 있었다.

"이거 재밌어?"

"……응?"

"이 책 말이야. 재밌냐고."

"아, 아니."

S를 따라 읽은 책이니까. 그래도 너무 솔직하게 말했나? 하지만 재미가 없는 건 사실이다.

"조금 유치해."

"흠. 그럴 줄 알았어."

여자애가 말했다. '장지은'이라고 적힌 학생증을 목에 걸고 있다. 학생증 상단 테두리가 연두색인 걸로 보아 나와 같은 1학년인 모양이다. 저 애도 그걸 알고 반말로 물었겠지만.

"너 1반이지?"

"응. 어떻게 알았어?"

여기, 컴퓨터에 다 나와 있어. 지은이라는 아이는 웃으며 말했다. 저기엔 내 반과 이름, 그동안 빌려 간 책 목록까지 다 나와 있겠구나. S의 독서 취향이 그때그때 달라지는 것처럼, 나도 그래 보이겠지?

"나는 2반. 장지은이야."

도서실에서 자주 봐서 낯익은 거라고 생각했는데, 복도를 오가면서 몇 번 마주쳤는지도 몰랐다. 아아, 그래. 나는 어색하게 웃으면서 고개를 끄덕였다.

"아, 나는 고정원."

"응, 알아."

지은은 나를 빤히 바라봤다. 아주아주 잘 알고 있다는 것처럼, 그게 당연하다는 눈으로 나를 보았다.

"오늘은 책 안 빌려?"

"아, 시험 기간이니까."

그렇구나, 하고 지은은 고개를 끄덕였다. 도서부원이라는 후광 때문인가. 되게 똑 부러져 보이는 인상이었다. 구김 하나 없는 새하얀 셔츠와 빳빳하게 각이 살아 있는 칼라, 비뚤어지지 않은 타이. 모든 것이 단정, 그 자체였다. 당연히 공부도 잘하겠지? 심지어 장지은이라는 이름까지 모범생에 어울리는 것 같았다. 이런 아이들은 나처럼 좋아하는 아이돌이 언급한 책만 따라 읽는 사람도 있다는 사실을 알지 못하겠지.

"안녕. 시험공부 열심히 해."

"아, 응. 너도!"

더 할 말은 없겠지? 나는 멋쩍게 웃으며 도서실을 빠져나왔다. 복도를 걸어가면서 내가 '아'라는 소리를 몇 번이나 했는지 세어 보려다가 관뒀다.

내가 소심한 성격이라고는 생각하지 않는다. 물론 그게 나쁜 건 아니지만, 어쨌든 나는 아니다. 나는 그냥, 낯을 너무 많이 가릴 뿐이다. 상대가 비슷한 또래일수록 그 정도는 더 심해진다. 모르는 사람에게 아무렇지 않게 말을 걸고 TMI를 쏟아 내는 사람들을 보면 나와는 다른 종족 같다.

만약 내가 길을 가다가 우연히 멤버들과 마주치면 어떨까. 낯이나 가리면서 횡설수설하는 거 아냐?

#1. 리더 S와 길에서 마주침

나: 안녕하세요.

S: (S는 눈빛이 매우 날카롭다. 그냥 쳐다만 보는데도 '찌릿' 소리가 귀에 들리는 것 같다.) 네.

나: ……그럼 안녕히 계세요.

#2. 모범 시민 K와 마주침

K: (힐끗 눈치를 살피는 나를 먼저 간파한다.) 아! 안녕하세요.

반갑습니다.

나: 앗! 네, 네.

K: 어디 가는 길이에요? 교복 입은 거 보니 학생인가 봐요? 요즘 공부하기 많이 힘들죠? 아침은 챙겨 먹고 다녀요? 물론 성적도 중요하지만, 건강을 챙기는 게…….

나: (K의 잔소리인지 아닌지 모를 잔소리를 그냥 들으면 된다. 내가 끼어들 틈은 없다.)

#3. 온 지구인과 친구 맺을 수 있는 H와 마주침

나: 저, 안녕하세요.

H: 오!!! 우리 친구!!! (손을 내밀며 하이 파이브를 청한다.)

나: (머쓱. 집에 가고 싶다.)

H: 같이 셀카 찍을까???

나: 하하……. (울고 싶다.)

#4. 막내 W와 마주침

(위와 같다. 하지만 그때 마침 내 가방에 초코킥킥이 있다면 좋을 것 같다.)

#5. 메인 보컬 Y와 마주침

나: 안녕하세요.

Y: (쩌렁) 아!!! 반가워요. (또 쩌렁) 이름이 뭐예요?

나: (목소리가 너무 크다. 부담스럽다.) 고, 정, 원······.

Y: (쩌렁) 예? 이름이 뭐라고요? 아무튼 반가워요! 으핫핫!!! (쩌렁)

#6. M과 마주치는 건 불가능. M은 '집돌이'라 외출을 하지 않는다.

#7. J와 마주침
나: (내 심장이 남아날까? 난 이미 십 미터 밖에서 도망가고 없다.)

왜 하나같이 저따위야? 인터넷에 떠도는 유명한 일화들처럼 웃기고 센스 있는 농담이라도 주고받고 싶은데. 난 유머와 순발력이 모두 부족한 인간이라 그런 건 아무리 고민해 봐도 떠오르지 않는다.

멤버들과의 상상 속 대면을 그리다 보니 어느새 교실 앞이었다. 아주아주 멀리 떠나 있다가 이곳으로 훅 떨어진 것 같다. 멤버들도 없고, 달이도 없는 곳. 나는 긴 숨을 한 번 내쉬고 교실 안으로 들어섰다.

♩

학교 앞 정류장에서 내려 경사진 언덕길을 올라야 교문이다. 우리 학교가 동네에 있는 여고 중에 가장 인기가 없는 이유에는 이 언덕길이 큰 비중을 차지한다.

속으로 구령을 붙여서 걸으니 발걸음이 씩씩해졌다. 저만치 앞에 가던 아이보리색 가방이 점점 가까워졌다. 아까부터 가방에 매달려 정신없이 달랑거리며 내 시선을 사로잡던 동그라미의 형체가 점차 뚜렷해졌다. 그건 Y의 캐릭터였다.

"엇!"

재빨리 입을 틀어막았다. 대박, 작년에 공식 굿즈로 나온 캐릭터 키링이잖아. 쌍꺼풀이 없는 Y의 눈을 콩알처럼 작게 그려 놓은 캐릭터가 나를 약 올리기라도 하듯 짓궂게 미소 짓고 있었다. 샤락샤락, 동그란 Y의 머리통이 리듬감 있게 대롱거렸다.

우리 학년일까? 그랬으면 좋겠다. 앞모습을 보고 싶은데. 키링의 주인도 나만큼이나 빨리, 씩씩하게 걷고 있어서 앞지르기가 쉽지 않았다. 저렇게 키링을 달고 다닌다는 건, 에이세븐 팬은 누구든지 와서 아는 척해 달라는 뜻 아냐? 근데 선배면 어떡하지?

"악!"

누군가 뒤에서 어깨를 두드려 돌아보니 혜수가 놀란 눈으로 서 있었다.

"정원아, 놀랐어? 미안해."

"아, 아냐."

"아침부터 놀라게 했네."

"괜찮아. 학교 가는 길이야?"

혜수가 멍해진 얼굴로 나를 바라봤다. 내가 방금 무슨 소리를 한 거지? 나는 태연한 척 계속 떠들었다.

"아침은 먹었어?"

"아니. 늦잠 자느라 못 먹어."

"그렇구나. 아! 몇 시에 일어나?"

"요즘엔 7시 넘어서. 시험 기간이라 너무 피곤하네."

"아, 그렇지, 그렇지."

혜수가 조금 숨이 찬 듯한 표정을 지었다. 나는 걸음을 늦추었다. 아이보리색 가방과 콩알 눈의 Y가 점점 멀어졌다.

"우리, 늦은 건 아니지? 왜 이렇게 빨리 걸어?"

혜수가 시계를 보려는 건지 자기 휴대폰 화면을 켰다. 폰 배경 화면이 익숙했다. 에이세븐과 같은 소속사인 후배 걸그룹이었다. 그중에서도 옷을 잘 입기로 유명해서 사복 사진이 인터넷 커뮤니티에 자주 올라오는 멤버다. 혜수 폰에도 아이돌 사진이 있다니. 등굣길에 Y의 키링을 보게 된 것만큼이나 예상하지 못한 일이었다. 신기함과 반가움이 뒤섞여 심장이 마구 두근거렸다.

"걔, 좋아해?"

"응? 누구?"

"폰 배경 말이야."

나도 사진 속 인물에게 호의적이라는 걸 티 내고 싶어 일부러 더 친근하게 물었다. 혜수는 자기 휴대폰 화면을 보더니 아, 하고 멈칫했다.

"잘은 몰라. 그냥 인터넷에서 주운 사진이야."

"그 사람 옷 되게 잘 입지. 유명한 사진 많더라."

혜수는 나를 흘끗 보더니 다시 앞만 바라보았다. 너무 아는 체를 했나?

"너도 사진 갖고 있어?"

"나? 아니, 폰에 저장돼 있는 건 없어."

혜수가 뭔가 아쉽다는 표정을 지었다. 흠, 저 정도면 사실은 팬 아냐? 덕질의 기본이 짤 저장인데, 아이돌 사진 찾는 거야 나에겐 일도 아니었다. 너무 들뜬 티는 내지 말아야지.

나는 차분히 말했다.

"다음에 잘 나온 사진 찾으면 공유해 줄게."

"아, 고마워."

혜수가 조금 멋쩍은 듯 웃었다. 처음 보는 표정이었다. 그 순간, 혜수가 그 어느 때보다 가깝게 느껴졌다.

진심으로 좋아하는 것 앞에서는 이유도 없이 쑥스러워질 때가 있는지도 모른다. 나는 그렇게 쑥스러워하고 수줍어하는 마음이 반가웠다. 그런 마음이라면 비웃지도 않고 무시하지도 않으면서, 얼마든지 들어 주고 싶었다.

"아침 안 먹었으면 1교시 전에 매점 갈래?"

내가 살게! 웃으며 덧붙였다. 혜수가 멍한 눈으로 나를 보더니 고개를 끄덕였다. 등굣길에 이렇게 들뜬 건, 입학한 후로 처음이었다. 근데 아까 경보라도 하는 줄 알았어. 아, 내가 그랬어? 우리는 웃으며 말을 주고받았다. 교실이 가까워지고 있었다.

오전 수업은 전부 자습이었다. 그럴 줄 알고 오늘은 휴대폰을 제출하지 않았다. 아침의 흥분이 가라앉기 전에 얼른 달이에게 소식을 전해야 했다.

> 우리 학교에 에이세븐 팬 있나 봐
>
> 가방에 키링 달고 가는 사람 봤어!
>
> 근데 뒤에서만 봐서 얼굴도 학년도 몰라

오전 수업이 다 끝날 때까지 답장은 오지 않았다. 달이는 휴대폰을 제출한 모양이다.

오늘 점심 식단은 단호박 카레와 오이냉국, 찜닭이었다. 대식가인 K도 우리 학교 급식은 맛없어할 거라는 생각을 하며 국을 떠먹다가, 문득 고개를 들어 주변을 둘러보았다.

"누구 찾아?"

혜수가 물었다.

"아니, 그냥!"

이상해 보였나? 조금 머쓱해진 기분으로 앞에 앉은 혜수의 식판을 보았다. 반찬이 온통 잘게 조각조각 부서져 있었다. 이 제 보니 혜수는 앞에 놓인 것이 음식이 아니라 휘젓고 노는 장난감인 것처럼, 젓가락으로 반찬을 이리저리 뒤적거리고만 있었다.

중학교에서 같이 급식을 먹던 친구 중에도, 에이세븐 멤버 중에도 저런 식습관을 가진 사람은 없었다. 입맛이 없어서 그 런가? 혜수의 표정은 평소보다 많이 일그러져 보였다. 제발 아무도 나를 신경 쓰지 않았으면 좋겠다,라고 생각하는 사람 처럼.

혜수 뒤에서 자꾸 이쪽을 쳐다보는 시선이 느껴졌다. 도서 실에서 본 아이였다. 우리는 눈이 마주쳤다. 이름이 장지은이 랬지. 지은은 웃으며 눈인사를 하더니 이쪽을 빤히, 계속 봤다.

"안녕!"

지은의 옆자리에서 누군가 크게 외쳤다. 아, 초코킥킥! 지은 과 초코킥킥이 친구였다니.

"밥 맛있게 먹어!"

초코킥킥이 외쳤다. 그 맞은편에 앉아 뒷모습만 보이던 애 도 이쪽을 돌아보았다. 그 아이는 무심한 눈으로 나를 한번 휙 보고는 다시 고개를 돌렸다. 처음 보는 얼굴인데 이상하게 낯익다. 오래전부터 잘 알고 있던 것 같은. 저 무리만의 특징 인 건가? 하나같이 친근한 느낌이네.

초코킥킥은 밥을 먹으면서도 계속 뭐라고 조잘거리다 아하하! 하며 아이들과 동시에 웃음을 터뜨리기도 했다. 친한 사람들만이 내뿜는 기운이 느껴졌다. 학년과 반이 바뀌어도 계속 유지되는 무리에 속해 본 적 없이, 그때그때 함께 다니는 친구가 달랐던 나는 각자의 무리에서 풍겨 나오는 공기가 다르다는 걸 알고 있다. 그건 무리 밖에서 지켜봐야만 느낄 수 있다. 무엇을 해도 편안하고 자연스러워 보이는, 자기들만의 역사와 비밀을 공유하는 사람들끼리의 어떤 견고함 같은 것.

나와 혜수도 남들 눈엔 그렇게 보일까? 그럴 리는 없겠지. 혜수는 식사를 끝냈는지 잔반을 모두 국그릇에 부어 놓았다. 카레와 반찬이 뒤섞여서는 국그릇이 흘러넘칠 것처럼 가득했다.

교실로 돌아와 휴대폰을 확인했다. 달이에게서 답이 와 있었다.

> 오!!!

> 알고 보면 같은 반 아냐?

> 근데 생일 카페는 가기로 했어?

아, 그랬지. 시험 때문에 잠깐 잊고 있었다. 중간고사 마지막 날은 H의 생일이다. 며칠 전, 달이가 생일 카페 소식을 나에게 알려 주었다.

여기 너희 집에서 가까워?

인성시에도 생일 카페 하는 데 있대!

대박

작년까지만 해도 없었는데

시험 잘 치면 가야지

내가 나에게 주는 보상으로

ㅠㅠ

ㅋㅋㅋㅋㅋㅋ홧팅!!!

근데 혼자 가도 되려나?

엥?

당연하지! 나도 혼자 잘만 다녔어

막상 가면 다들 구경하고 사진 찍기 바빠서 서로 신경도 안 써!

아님 친한 친구 데려가! 맛있는 거 사 준다고 하고

달이에게 답장을 해야 했지만, 마땅히 떠오르는 말이 없었
다. 친한 친구는 우리 학교에 없어. 나한테 제일 친한 친구는
달이 너야, 하고 말하면 달이는 어떤 반응일까. 부담스러워할

까, 아니면 기꺼이 자기의 가장 친한 친구도 나라고 말해 줄까.

　　나는 달이가 리트윗한 생일 카페 계정에 다시 들어가 보았다. 이벤트 기간에 방문하면 H의 사진이 있는 컵 홀더를 주는데다 떡메모지, 스티커, 포토 카드를 주는 특별 메뉴를 주문할 수 있다는 공지가 상단에 고정되어 있었다.

> 카페는 아직 모르겠어
>
> 같이 갈 사람도 없고

학교에서 에이세븐 팬 찾아봐 봐

분명 더 있을걸

생각보다 아주 가까이에 있을지도

　　휴대폰을 내려놓았다. 아주 가까이라고 해 봤자 나에겐 혜수뿐이다. 혜수가 에이세븐을 좋아하는 모습을 떠올려 보았다. 내가 이번 중간고사에서 전교 1등을 하는 것만큼이나 말도 안 되는 상상이었다.

　　다음 수업까지는 5분 정도 남아 있었다. 급식을 먹고 와서 내내 보이지 않던 혜수가 내 자리로 찾아왔다.

　　"요즘에는 도서실 안 가?"

　　"응. 시험 기간이라서."

　　"어휴. 지긋지긋한 시험."

혜수는 내 필통을 뒤적이다가 형광펜을 하나 꺼냈다.

"이거 색깔 독특하다."

"여기 한번 써 봐."

혜수가 내 노트 귀퉁이에 고정원이라고 적었다. 내 이름을 부른 것같이 기분이 묘했다. 이렇게 마주 보고 앉아 서로의 필통이나 필기 노트 따위를 구경하는 것. 가까운 사이에서나 할 수 있는 일들이었다. 나는 잠깐 고민한 끝에 말을 꺼냈다.

"저기, 있잖아."

"응."

"시험 끝나는 날 일찍 마치잖아. 그날 뭐 할 거야?"

나는 조금 뜸을 들인 뒤, 주원이랑 놀러 가? 하고 물었다. 혜수는 고개를 저었다.

"그럼 시험 끝난 기념으로 놀러 갈래? 주원이랑 셋이서."

갑자기 심장이 쿵쿵 세게 뛰었다. 이대로 쉬는 시간이 끝나 버리면 어쩌지? 초조해졌다.

"……뭐 할 건데?"

"아, 그냥. 구경도 하고, 맛있는 것도 먹고."

기분 탓일까? 혜수는 곧장 대답하지 못하고 머뭇거리는 듯했다. 대답을 기다리는 그 순간이 길게만 느껴졌다.

"그래. 주원이한테도 물어볼게."

수업 종이 울렸다. 혜수는 자기 자리로 돌아갔다.

나는 혜수랑 주원을 데리고 생일 카페에 갈 수 있다고 기대하는 걸까? 나도 알 수 없었다. 이번 시험을 잘 친다면, 그래서 두 사람과 기분 좋게 놀 수 있다면, 그게 어디든 상관없을 것 같다는 생각이 스쳤다. 어쩌면 생일 카페에는 가지 않아도 괜찮을지 모른다는 생각도.

♪

중간고사를 치르는 사흘 동안은 잔인하다고 느껴질 만큼 날씨가 맑았다.

마지막 시험 과목은 한국사였다. 다음 중 틀린 내용을 말하는 사람을 고르라는 5번 문제의 보기에선 에이세븐보다 인기가 약간 더 많은 1군 아이돌 그룹의 멤버들이 청동기 시대에 대해 한마디씩 하고 있었다. 왜 에이세븐 멤버들 이름은 안 넣어 주는 거지? 쳇! 나는 보기를 빠르게 읽고 OMR 카드에 답을 채워 넣었다.

"종료 5분 남았습니다."

감독 선생님이 말했다. 여기저기서 분주하게 시험지를 바스락거리는 소리가 들려왔다. 5분 사이에 뭔가가 크게 뒤바뀌진 않는 법이지. 나는 양손을 무릎 위에 올려 둔 채 가만히 있었다. 교단에 서서 물끄러미 이쪽을 바라보는 선생님과 눈이 마주쳤다. 선생님은 조금 의아한 표정으로 이렇게 묻는 듯했다. 다 풀었니?

나는 입을 앙다문 채 고개를 작게 끄덕였다. 선생님의 눈에는 내가 여유 만만한 전교 1등과 그냥 멘털이 나간 포기자, 둘 중 어느 쪽에 가까워 보일까. 후자는 아니었으면 좋겠는데.

시험 종료를 알리는 종이 울리고 감독 선생님도 나가자 아이들이 우르르 모여들었다. 서로 답을 비교하는 모양이었다.

혜수는 보이지 않았다. 주원은 혼자 사물함 앞에 서서 교과서를 넘겨 보았다. 나는 조심스럽게 주원에게 다가갔다.

"주원아, 시험 잘 쳤어?"

"모르겠어. 잠시만."

아, 이거 헷갈렸는데 틀렸네. 주원이 인상을 쓰며 중얼거렸다. 탁. 주원은 들고 있던 교과서를 사물함에 던지듯 집어넣었다. 나는 조금 머뭇거리다 말했다.

"혜수는 어디 갔지?"

"몰라. 화장실 갔나."

"근데, 우리 오늘 어디 갈까?"

내 말에 주원이 나를 빤히 보았다. 정말 그 뜻을 모르겠다는 표정에, 순간 내가 말실수라도 했나 싶어 심장이 쿵 내려앉았다.

"……혹시 혜수한테 얘기 못 들었어?"

"무슨 얘기?"

"시험 끝나면 셋이서 놀러 가자고 했었거든. 혜수가 너한테 얘기한댔는데."

"셋? 혜수랑 너랑, 나?"

'너랑, 나'라고 할 때 주원이 나와 자기를 손가락으로 번갈아 가리켰다. 셋이라는 단어로 잠깐 묶였다가 다시 낱낱이 쪼개진 느낌이었다.

"어쩌지, 나 바로 학원 가야 해."

"오늘도 학원 가?"

"응. 오늘 일찍 마치잖아. 보강하려면 오늘밖에 시간이 안 된대서."

주원이 자기도 싫다는 듯 한숨을 크게 내쉬었다.

"미리 말했어도 시간 못 뺐을 거야. 우리 원장 쌤 완전 말 안 통하거든. 시험 끝난 날도 오라는 거 보면 말 다했지."

나는 고개만 끄덕였다.

이건 그냥, 상황이 따라 주지 않았을 뿐이다. 거절당한 것도, 배척당한 것도 아니고 여기엔 누구의 잘못도 없다. 머리로는 그렇게 정리했지만 마음이 따라 주지 않았다. 초등학생 때 운동장 옆을 지나가다 날아오는 축구공에 맞았을 때가 떠올랐다. 왜 하필 나야! 그때 난 미안하다는 말도 없이 축구공만 가져가던 애들에게 그렇게 소리치지 못했다. 왜 그게 아직도 잊히지 않는 걸까.

"혜수랑 둘이 가. 재밌게 놀고."

"아냐, 다음에 다 같이 놀자."

늘 바쁜 주원과 다음을 기약할 수 있을까. 하지만 애써 담담한 척 웃어 보였다. 주원과 나의 큰 차이는 바로 이것 아닐까. 나라면 저렇게 흔쾌히, 나만 빠지겠다는 말은 하지 못할거다. 나 없는 데서 둘만의 추억과 비밀이 생길까 봐 불안해서, 재밌게 놀라는 말 따위 하지 않을 거다. 혜수와 주원에게도 둘만이 공유하는 주파수가 있겠지. 바로 옆에 있다 보니두 눈이 가려져 그걸 놓쳤나 보다.

웅성거리는 아이들을 제치고 가장 먼저 교실을 빠져나왔다. 종례 시간에도 혜수의 자리는 비어 있었다. 시험을 망쳤다는생각에 어딘가에 숨어서 울고 있는지도 몰랐다. 주원이 알아서 혜수를 찾아내 잘 달래 주겠지. 오늘 같은 날은 단짝이 있는 애들까지 굳이 신경 쓰고 싶지 않다.

번화가로 가는 버스를 탔다. 시험이 끝나 들뜬 우리 학교교복들로 버스 안은 시끌시끌했다. 다들 누군가와 떠들고 있었다. 입을 닫고 혼자 있는 건 나뿐인 듯했다.

이어폰을 꽂고 노래를 재생시켰다. 시험을 앞둔 며칠 동안에이세븐 노래는 듣지 않았다. 물론 영상도 보지 않았다. 아침에 일어나서, 자기 전, 이렇게 하루에 두 번만 새로운 공지가있는지 확인했다. 그럴 리는 없겠지만, 하루아침에 누가 탈퇴하거나 그룹이 해체돼 버렸는데 모르고 있으면 안 되니까.

정거장에 내려 몇 분을 더 걸어서 생일 카페가 있는 건물에도착했다. 카페는 4층이었다. 이어폰 볼륨을 더 높였다. 계단

벽면을 따라 H의 사진이 붙어 있었다. 이상했다. 분명 내 휴대 폰에도 있는 사진인데, 달이와 수다를 떨면서 매일같이 보던 얼굴인데, 이렇게 밖에서 보니 조금 낯설었다. 나는 벽면으로 는 시선을 두지 않은 채 계단을 올랐다.

카페에 다른 손님은 없었다. 나는 자연스러운 척, 최대한 주 눅 들지 않은 척하며 카운터로 향했다.

"딸기 요거트 하나 주세요."

우리 언니 또래인 듯한 알바생이 피곤한 듯 눈을 비비면서 계산을 마쳤다. 영수증을 받자마자 나는 얼른 긴 테이블이 놓 여 있는 곳으로 갔다.

테이블 위에는 H의 사진이 있는 컵 홀더가 피라미드처럼 쌓여 있었다. 툭, 조금만 건드려도 와르르 무너질 것 같았다. 나는 가장 중앙에 있는 컵 홀더를 주먹으로 쳐서 피라미드가 무너지는 상상을 해 보았다.

카페 안에서는 에이세븐의 노래가 흘러나왔다. 크리스마스 시즌에 발매한 캐럴풍 노래였다. 지금 계절과는 맞지 않지 만, 조명이 은은하고 따뜻한 오렌지빛이라 겨울날 벽난로를 켜 놓은 느낌의 카페 분위기와는 잘 어울렸다.

나는 H의 사진들로 꾸며진 벽 앞으로 갔다. 사진 하나하나 마다 H는 빛나고 있었다. 자연광을 받으며 웃고 있는 사진에 서도, 날카로운 눈빛을 한 무대 사진에서도. 달라지는 배경이 나 옷차림, 표정으로는 가려지지 않는 분위기가 있었다. 모두

48

에게 사랑받아 마땅하며, 어떤 간절한 기회나 요행을 필요로 할 때마다 그것이 때마침 찾아와 주었던 사람만이 가질 수 있는 밝고 건강한 여유 같은 것들.

H의 인생 어느 순간을 불쑥 들여다보아도, 초라하고 비참한 모습은 한 순간도 찾아볼 수 없을 거다. H가 노력이나 실력 없이 운으로만 모든 걸 이루었다고 말하는 건 아니다. 하지만 세상에는 노력과 간절함만으로는 가능하지 않은 것들이 훨씬, 훨씬 더 많지 않나?

나도 10년쯤 지나면, 저런 어른이 될 수 있을까? 유능하고 멋진, 모든 면에서 만족스러워 보이는 그런 어른이 될 수 있을까? 아니, 그 전에 어른이 될 수 있긴 한 걸까. 스무 살이 되기 전에 몇 번의 시험을 더 치르고, 축제나 체육 대회 같은 행사들을 얼마나 더 견뎌야 하는지 대충 세어 보았다. 아마 그 사이에 지겨워서 죽어 버릴지도. 나는 한숨처럼 길게 숨을 내쉬었다.

오늘 시험 끝났지?

고생했어!

집으로 가는 버스에서 휴대폰을 확인했다. 달이에게서 메시지가 와 있었다. H의 생일 얘기도, 생일 카페 얘기도 없이 달이는 시험을 끝낸 나를 격려해 주었다. 엄마도, 아빠도, 학교 친구들도 하지 않은 말을 오직 달이만 해 주었다. 내가 수면 아래로 가라앉고 있을 때 나를 구해 내는 건 항상 달이다.

> 응 고마워

> 오늘 생일 카페 갔다 왔어

> 컵 홀더를 세 개나 주더라 ㅋㅋ

> 평일이라 그런지 사람은 별로 없었어

> 나 있을 때는 아무도 없다가 나오는 길에 세 명 정도 들어가는 것만 봤어

계단에서부터 감탄하며 올라가던 사람들이 떠올랐다. 실제로 H를 만난 것도 아닌데, 사진만으로도 그만큼의 기쁨을 준다. 고작, 사진일 뿐인데도.

나도 에이세븐의 영상을 보다 보면 잘 쳤는지 못 쳤는지 감조차도 오지 않는 이번 시험도, 기다렸던 약속이 허무하게 깨진 일도 다 잊어버릴 거였다. 그런 생각을 하면 나를 속상하게 하고 화나게 했던 일들이 먼지처럼 작게 느껴진다. 이렇게 쉽고 간단하게 행복해지는 방법이 있는데, 왜 모든 사람이 연예인을 좋아하지 않는 걸까?

> 사진 찍은 거 없어?

> 나도 가 보고 싶다

하지만 사실, 나는 그 이유를 이미 알고 있는지도 모른다. 그 행복 뒤에 찾아오는 것들이 어떤 건지 아주 잘 아니까.

나는 처음으로 용기를 내서 달이에게 물었다.

> 근데 있잖아
>
> 넌 어디에 있어?

달이 넌 모를 거야. 우리가 만약 같은 도시에 살고, 같은 학교에 다닌다면. 같은 학년에 같은 반 친구라면. 그래서 달이 너와 단둘이서 생일 카페 구경도 하고, 즐겁게 놀다 오는 장면을 내가 얼마나 많이 상상했는지.

내가 보낸 메시지를 가만히 보았다. 두 번, 세 번 다시 읽을수록 거기에 실어 보낸 것들이 달라졌다. 그건 어디에 가야 널 만날 수 있어? 하는 간절함 같기도 했고, 지금 여기에 있지 않고 도대체 어디 있는 거야? 하는 원망 같기도 했다.

> 내가 말한 적 없던가?
>
> 우린 아주 가까이에 있어
>
> 생각보다 훨씬 더 가까이

하나, 둘, 셋. 숫자를 세는 것처럼 일정한 간격으로 메시지가 차곡차곡 떠올랐다. 달이는 늘, 내가 듣고 싶어 하는 말을 해 준다. 그 말을 내어 주는 달이와 받아들이는 나에게는 그게 진실이든 아니든 중요하지 않았다.

H의 스물여덟 번째 생일인 오늘 하루가 한 시간 정도 남았다. 불을 끄고 침대에 누워 생일 카페 트위터 계정에 들어갔다. H의 사진으로 꾸민 벽과 컵 홀더 피라미드를 찍은 사진이 올라와 있었다. 별다른 설명은 없었다. 갑자기 안도감이 들었다. 어쩌면 난 이런 트윗이라도 올라와 있지는 않을까 걱정했는지도 모른다.

'이벤트 마지막 날이라 그런지 손님들이 많이 찾아와 주셨습니다. 학생이라면 학교에 있어야 할 시간에 교복 차림으로 혼자서 찾아온 학생도 있었습니다. 효선여고 교복에 이름표에는 고정원······.'

미친! 말도 안 되잖아. 나는 도망치듯 트위터에서 빠져나왔다.

지금 H는 뭘 하고 있을까? 멤버들은 올해 초 숙소 생활을 끝냈으니, 아마 자기 집에 있겠지. 미역국은 먹었을까? 어쩌면 지인들을 만나 아주 화려한 생일 파티를 하고 있을지도 모른다. 아니면 여자 친구라거나······. 아니지. H에게 여친이란 없다.

자정이 가까워졌다. 생일인데 라이브 방송도 안 해 주냐는 불만들이 트위터에 하나둘씩 올라오기 시작했다. 저런 얘기를 듣다 보면 나도 금세 H가 미워졌다. 아무 생각이 없다가도 그러네, 너무하네, 하면서 원망과 서운함이 불씨처럼 솟아올랐다.

> 오늘 라이브 켜려나?

달이에게 메시지를 보냈다. 달이는 답이 없었다.

유튜브를 켰다. 연도와 날짜, 여덟 자리 숫자로만 검색해도 H의 레전드 영상이 가장 상단에 떴다. 이 영상이 레전드라 불리는 이유는, H의 컨디션이 최상이라 라이브와 안무, 표정까지 다 좋았던 것도 있지만 코앞에서 보는 듯한 현장감이 최고였기 때문이다. 4K 고화질로 단 한 순간도 놓치지 않고 H를 따라가는 영상을 휴대폰 세로 화면으로 보고 있으면, 그가 바로 내 앞에서 춤을 추고 노래하는 것만 같다.

H의 남은 생일 동안 이 영상만 보다가 잠들 작정이었다. 그게 내 나름의 생일을 축하하는 방식이고, 다가오는 내일을 두려움 없이 받아들이기 위한 수단이었다. 지구에서 사라져 우주를 떠도는 먼지가 되고 싶은 이런 날에도, 내가 할 수 있는 건 이불 속에서 좋아하는 아이돌의 동영상을 보는 것뿐이다.

오늘 하루가 이제 10분 정도밖에 남지 않았다. H는 나타나지 않을 모양이었다.

누군가를 좋아한다는 건, 상대에게 내 기대나 바람 같은 건 아무런 영향도 주지 못한 채 하염없이 기다리기만 하는 일인지도 모른다. 목소리를 듣고 싶고 얼굴이 보고 싶을 땐 얼마든지 작은 화면 속에서 그들을 찾을 수 있지만, 진짜 그들이 지금 어디서 무엇을 하는지는 알 수 없다. 그들이 보여 주고 허락한 모습에 만족하지 않고 더 궁금해하고, 더 원하게 되는 순간 누군가를 좋아하는 일은 세상에서 가장 외로운 일이 된다.

같은 책을 읽고, 같은 노래를 들으면서 열심히 그들의 발자국을 따라가다 보면 어딘가에 툭 흘리고 간 흔적이라도 발견할 수 있을 것만 같다. 작고 하찮은, 그들에게는 금방 잊혔을 생각이나 감정의 조각 같은 것들을.

그들은 저만치 멀리 앞서가기만 한다. 하지만 지금처럼 생각도, 취향도 엿보면서 하나씩 닮아 가다 보면 언젠가는 닿지 않을까. 좁혀지고 또 좁혀지다가 비로소 같은 걸음으로 걷게 되는 날이, 언젠가 오지 않을까. 지금은 아무것도 찾을 수 없는 사막 같아도, 그 끝에서 오아시스를 만나게 될지도.

휴대폰 속 날짜가 바뀌었다. 오늘 하루는 여기서 마감해야지. 휴대폰을 머리맡에 내려 두고 눈을 감았다. 잠이 들고, 그동안 아침은 시작되고, 눈을 뜨면 나는 학교에 가서 누구라도 먼저 말을 걸어 주기를 기다리면서 하루를 보내겠지.

진동이 울렸다. 평소라면 주저 없이 휴대폰을 집어 들었겠지만, 이상하게도 몸이 선뜻 움직여지질 않았다. 잠깐 고민하다 팔을 뻗어 휴대폰을 집었다. 휴대폰 불빛에 눈이 부셨다. 나는 화면에 뜬 메시지들을 가만히 바라보았다.

정원아

그거 알아?

우린 이미 만난 적 있어

　달이였다. 나는 달이의 프로필을 눌렀다. 화면에는 이런 문
구가 떴다.

　'계정이 존재하지 않음'

　'다른 검색어를 시도해 보세요'

2부

파랑새를 찾아서

♪

있잖아,

자다가 새벽에 갑자기 깨게 됐을 때, 그럴 때 있지 않아?

내가 얼마나 자다 깬 건지, 밤이 얼마나 깊었는지도 모르겠고, 가족들은 다 자고 있고. 냉장고 돌아가는 소리 말고는 아무것도 들리지 않는 그런 새벽 말이야. 그럴 때는 내가 이 세상에 혼자 있다는 기분이 들어.

그럼 난 휴대폰으로 인터넷 커뮤니티나 SNS에 들어가. 인터넷에는 늘 사람들이 있으니까. 거기서 사람들이 글을 올리고, 댓글을 달고, 대화하는 모습을 봐야 이상하게 마음이 편해져. 저마다의 이유로 잠을 이루지 못하는 사람들, 나처럼 다시 잠들지 못하는 사람들, 얼굴도 이름도 알 수 없는 그 사람들과 연결되어 있다는 느낌이 들어서 그런가 봐.

2년 전에 말이야, 내가 에이세븐을 좋아하기 전. 그날도 갑자기 깼는데 잠이 오지 않는 거야. 웹툰이나 보고 잘 생각으로 인터넷을 켰는데, 실시간 검색어엔 온통 그 얘기뿐이더라. 맞아, 그 일 말이야. 그날 이후로는 TV에서도, 인터넷에 올라오는 사진이나 동영상에서도 그 사람을 볼 수 없었어.

처음에는 슬펐고, 어느 시기가 지나면서부터는 화가 많이 났어. 당사자들은 내가 슬퍼하는 것도, 화를 내는 것도, 그 후로 내가 얼마나 많은 날을 잠 못 들었는지도 알지 못하겠지만. 그날 이후로 덕질 같은 건 하지 말자고 다짐했는데, 이렇게 또 모르는 사람들을 좋아하고, 응원하고 있네. 원래 시간이 지나면 속상한 기억은 사라지고, 애틋하고 즐거웠던 기억만 남아서 이전의 선택을 되풀이하게 되는 법이잖아.

그런데 그날 새벽의 느낌만큼은 지워지지 않고 그대로 남아 있어. 온 집 안이 너무 고요했어. 공기마저도 그대로 멈춰 버린 것처럼. 세상에 살아 숨 쉬고 움직이는 건 나밖에 없는 것 같은, 막막한 예감이 들어 버렸던 거야. 내가 몸담고 있는 세계가 또 한 번 깨질 거라는, 그런 예감.

이젠 다른 연예인을 좋아하고 있지만, 여전히 알 수 없는 불안감으로 눈을 뜨게 될 때가 있어. 팬 커뮤니티에서 사람들이 평소처럼 멤버들을 찬양하거나, 일상적인 얘기를 하는 걸

확인해야 다시 맘 놓고 잠들 수 있어. 아무것도 모르고 자는 사이에 내 세계가 또 깨져 버리면 안 되잖아. 왜 매번 내가 기대어 존재하는 세상은 하루아침에 무너져 버릴 수 있는, 너무나도 불안정한 세상일까. 왜 오래오래 지속되지 않는 걸까.

난 이 얘기를 누구에게도 해 본 적 없어. 어쩐지 좀 이상하게 들리잖아.

달이 너니까 할 수 있는 거야.

네가 아니라면, 누가 내 마음을 알아주겠어?

♪

중간고사가 끝나자 체육 대회였다.

오전에는 발야구, 오후에는 줄다리기 말고 내가 참여하는 경기는 없었다. 나머지 시간에는 체육관 의자에 앉아 하루를 보내면 그만이었다. 아이들은 폰을 꺼내 사진을 찍거나 노래를 크게 틀었다. 다들 한껏 들떠 보였다.

혜수와 나는 우리 반 맨 뒷줄에 나란히 앉았다. 주원은 학원 숙제가 밀려 이럴 시간이 없다며, 선생님의 눈을 피해 몰래 교실로 올라갔다.

"노래 들을래?"

혜수가 블루투스 이어폰 한쪽을 내밀었다. 이어폰을 받아 귀에 꽂았다. 혜수가 노래를 재생시켰다. 휴대폰 배경 화면은 아직도 그 걸그룹 멤버였다. 걸그룹 노래를 틀어 주려나 했더니 들려오는 건 쿵, 쿵, 쿵, 심장 박동처럼 울리는 비트였다.

"이 노래 알아? 이번 시즌 1위잖아."

힙합 서바이벌 프로그램을 말하는 모양이었다. 에이세븐의 단독 리얼리티 프로그램에 비하면 훨씬 인기가 많고 유명하지만, 난 제대로 본 적이 없었다. 내가 아이돌 얘기를 하면 남들은 이런 기분이려나.

아니, 처음 들어. 혜수에게 고개를 저어 보였다.

와악! 언니! 멋지다! 4반과 9반의 피구 경기에서 아이들의 환호성이 터져 나왔다. 체육복 바지를 종아리까지 걷어 올리고 목에는 흰 손수건을 둘러맨 그 애는, 초코킥킥이었다.

나는 학교에서 하는 모든 운동을 통틀어 피구가 가장 싫다. 사람을 한 공간에 몰아넣고는 둘러싸고 서서 공으로 때리고 맞히는 경기라니.

지금 내 기분이 딱 그것 아닐까. 우리 팀에 혼자 남아 버려, 날아오는 모든 공격을 다 피해야 하는. 의지할 수 있는 같은 편이 하나도 없는 그런 암담한 상태.

"난 피구 싫어."

"왜?"

"맞으면 기분 나쁘잖아."

혜수처럼 작고 약한 애는 공에 맞으면 그대로 쓰러질지도 모른다. 하지만 혜수 본인은 별생각이 없는지, 내 말에 말없이 웃기만 했다.

시험 마지막 날, 혜수는 두통이 심해 시험이 끝나자마자 보건실에 가 있었다고 했다. 주원이 학원에 가지 않았어도 어차피 자기 때문에 못 놀았을 거라고, 다음에 꼭 셋이 놀자면서 몇 번이나 미안하다고 말했다. 혜수의 사과를 들으면서 나는 그냥 고개만 끄덕였다. 지금 나한테 그런 일은 하나도 중요하지 않았다.

9반 무리에서 다시 함성이 쏟아졌다. 수비수인 초코킥킥이 날아오는 공을 휙 낚아채서는 자기 팀 공격수를 향해 정확하고 날렵하게 패스했다. 체육 대회 때마다 이딴 건 대체 왜 하는 거지, 생각했는데. 저런 애들을 위한 거였구나.

"상담 쌤도 왔네."

혜수가 선생님들이 모여 앉아 있는 쪽을 보며 말했다.

"상담 쌤? 누구?"

"누군지 몰라? 우리 시험 때도 감독으로 들어왔었는데. 마지막 교시에."

아! 한국사 시간에 들어왔던, 학생들보다 자기가 더 긴장한 표정이던 그 선생님. 그러고 보니 나랑 눈도 마주쳤었지.

"상담실이 어딨는지는 알아?"

"우리 건물 1층에 있잖아. 보건실 옆에."

"⋯⋯거기는 어떤 애들이 가는 걸까?"

혜수가 진심으로 궁금하다는 듯 말했다. 막상 가 보면 그렇게 비밀스럽거나 심각한 곳은 아냐, 나도 중학생 때 가 봤어. 담담하게 말하고 싶었지만 입이 떨어지질 않았다.

"가서 이상한 얘기 하는 애들도 많겠지?"

"그냥 간식 받아먹고 수다 떨러 가는 애들도 있을걸."

나 다니던 중학교에선 그런 애들 많았어, 하고 덧붙였다. 혜수가 나를 돌아보았다. 혜수가 말한 이상한 얘기란 뭘까. 학교 상담실을 찾을 만한 일도 아닌, 정말 가볍고 유치한 고민거리를 말하는 건가?

그렇다면 나의 경우는 어떨까. 1년 넘게 알고 지내던 SNS 친구가, 학교 친구들보다 더 가깝고 친하다고 생각한 내 '덕메'가 갑자기 사라졌어요. 이런 말을 하면 사람들은 어떤 표정을 지을까? 에이세븐, 덕질 메이트, 그런 단어 하나하나마다 그게 뭔데? 그게 그렇게 중요해? 하며 인상을 쓰는 얼굴을 마주해야 할지도 모른다. 상담실 문턱을 넘을 수 있는 고민과 없는 고민이 있다면, 이건 당연히 후자일 터였다.

"……재미없지 않아?"

"뭐가?"

"이런 거 왜 하는지 모르겠어. 신난 애들은 따로 있고."

혜수는 대꾸할 말이 없는지 아아, 그러고 말 뿐이었다.

우리는 더는 아무 말도 하지 않았다. 이어폰에서는 모르는 노래만 자꾸 흘러나왔다.

현관 비밀번호를 누르고 들어서자, 엄마가 거실에서 청소기를 밀고 있었다.

"왜 벌써 와?"

"오늘 체육 대회라고 그랬잖아."

"일찍 마친다는 말은 안 했잖아."

"그게 그 말이잖아."

일찍 올 수도 있지, 일일이 말해야 되나? 괜히 짜증이 났다.

얼른 체육복을 갈아입고 씻고 싶다는 생각뿐이었다. 방으로 들어가 가방을 내려놓았다. 책상 위 물건들의 위치가 조금씩 바뀌었다.

침대 밑을 들여다봤다. 상자는 그 자리에 그대로 있다. 그럼 설마! 책상 위를 다시 살폈다. 연필꽂이에 끼워 둔 컵 홀더가 안 보였다.

"엄마, 내 방 청소했어?"

"시험 끝난 지가 언젠데. 책상에 책이랑 문제집이랑 엉망이더라."

"여기, 연필꽂이에 씌워져 있던 거. 종이 같은 거. 버렸어?"

"그거? 버렸지. 며칠 됐는데?"

엄마는 자기가 더 의아하단 얼굴이었다.

"중요한 거야? 카페 가면 주는 거 아니야?"

"나한테 말도 안 하고 버리면 어떡해."

"……버리면 안 되는 거야?"

"아, 몰라."

난처한 얼굴로 서 있는 엄마를 등지고 방으로 들어와 문을 닫았다. 별일 아니야, 이건 정말 별일 아니야. 어차피 침대 밑 상자엔 똑같은 컵 홀더가 두 개나 더 있다. 하나도 아니고, 두 개나. 카페에서는 이런 상황을 예상이라도 한 건가?

나한텐 중요한 건데, 혼자 버스를 타고 가서 받아 올 만큼 의미 있는 건데, 엄마 눈에는 쓰레기로 보였다니.

이런 일로 울지는 말자. 세 개나 있는데, 하나쯤 없어져도 상관없잖아.

고작 이런 일로, 이게 뭐라고.

울기 싫었다. 이런 일로 눈물까지 흘려 버리면 걷잡을 수 없이 초라해질 것 같았다.

나는 초라해지는 게 제일 싫다. 화나고 슬프고 속상한 거야, 에이세븐을 보면 금세 잊을 수 있다. 하지만 초라한 느낌만은 사라지지 않고 오히려 더 선명해졌다. 내 어깨를 좁게 만들고, 나를 낮추게 했다. 내가 아끼고 소중하게 여기는 것들, 간절하게 소망하는 것들, 그런 것들이 아무런 힘도 쓰지 못하고 우스워졌다. 그렇게 초라하다는 생각이 들기 시작하면, 그땐 내가 어떻게 손써 볼 방법이 없는 거다.

휴대폰을 들었다. 평소라면 트위터를 켜서 달이에게 메시지를 보냈겠지. 엄마가 생일 카페 컵 홀더를 버렸어. 두 개 더 남아 있긴 한데, 그래도 아까워. 하나는 너한테 보내 주려고 했는데. 근데 너희 집 주소가 어떻게 돼? 전에 나한테 보냈던 택배, 그 상자랑 송장은 이미 버리고 없어서.

하지만 이제 달이는 없다. 해킹이라도 당한 걸까? 아니면 다른 SNS 친구랑 싸웠거나 사이버불링을 당해서 급하게 계정을 폭파시켜야 했던 걸까? 그런 생각으로 하루, 이틀, 일주일을 기다렸지만 달이는 나타나지 않았다.

달이의 팬 카페 닉네임은 그대로였지만, 방문 횟수는 늘지 않았다. 이전에 올린 글도 다 삭제되었고, 팬 카페에선 쪽지 수신을 막아 놓아서 말을 걸 방법도 없었다. 혹시 탈덕한 건가? 덕메인 나한테 말하기 미안해서 잠적해 버린 걸까. 우린 둘 중 하나가 더 이상 에이세븐을 좋아하지 않으면 유지될 수 없는 관계였던 건가? 친구가 아니라 그냥 덕메였을 테니, 그럴 수도 있겠네. 매일 수도 없이 같은 질문과 고민을 반복했지만, 답은 알 수 없었다.

이렇게 쉽게, 어이없게 끝날 수 있는 사이였는데, 왜 알지 못했을까? 나는 왜 묻지 않았을까. 네 진짜 이름이 뭐야? 넌 어디에 살아? 뭐라도 먼저 물어볼 수 있었을 때, 난 왜 아무것도 하지 않았을까.

땅 밑으로 꺼져 버릴 것처럼 온몸이 무거웠다. 툭툭 털고 일어날 힘이 나에겐 없었다. 지면 아래로, 깊은 물속으로, 아무도 나를 보지 못하는 곳으로 천천히 가라앉는 것 같았다.

하지만 이제, 거기서 나를 구해 줄 사람이 없다.

♪

오랜만에 새 영상이 올라왔다.

활동 마지막 주 영상이라 그런지 멤버들은 웃고 농담을 주고받는 동안에도 피곤해 보였다. 대기실 거울 앞에 앉아 메이크업 수정을 받는 멤버들 뒤로, 소파에 앉아 책을 읽는 S가 보였다.

나는 실눈을 뜨고 모니터 앞으로 다가갔다.

제목이 뭐지? 표지에 커다란 책 한 권이 세워진 독특한 그림이 있었다. 카메라가 심각한 표정의 S를 클로즈업했다. 아, 얼굴 말고. 지금은 손에 있는 게 더 궁금하다고. 그 순간, S가 책을 얼굴 가까이로 들어 올렸다. 나는 잽싸게 스페이스 바를 눌러 영상을 멈췄다. 찾았다!

포털 사이트에서 책 제목을 검색했다. 영화로도 만들어진 꽤 오래된 외국 소설이었다. 물론 난 영화로도 책으로도 본적 없지만.

학교 도서실에서 그 책을 찾았다. 표지가 조금 너절한 1권과는 달리 2권은 얼마 전에 구비해 놓은 것처럼 깨끗했다. 둘다 빌릴까, 잠깐 고민하다가 일단 1권만 집어 대출대로 갔다.

오늘도 대출대에는 지은이 앉아 있다.

"아, 안녕."

괜히 인사했나? 나를 잊었으면 어쩌지. 괜한 짓을 했다고 후회하고 있는데, 지은이 나를 보며 활짝 웃었다. 정말 안도하는 표정으로, 활짝 웃어 보였다.

"다행이다!"

"응?"

아냐, 하면서 지은은 고개를 저었다. 지은이 스캐너로 책 바코드를 찍었다.

"이 책, 재밌어."

"그래? 다행이다."

"읽고 어땠는지 말해 줘."

지은이 나를 보며 씩 웃었다. 아, 재미없으면 어떡하지? 솔직하게 말해도 될까? 쓸데없는 걱정이 떠올랐다.

"꼭 끝까지 다 읽어야 해. 알겠지?"

"아, 그래."

"다른 사람한테 빌려주지 말고, 꼭 네가 먼저 읽어."

"응. 그럴게."

되게 좋아하는 책인가 보다. 어차피 빌려줄 사람도, 책 얘기를 나눌 사람도 없어. 달이가 있다면 몰라도……. 나는 머릿속에서 또 스멀스멀 솟아오르는 달이 생각을 애써 눌렀다. 그러고는 잃어버리면 큰일이라도 나는 것처럼, 빌린 책을 꽉 안고 도서실을 나섰다.

드디어 주말이다. 약속도 없고, 당장 해야 하는 수행 평가도 없고. 날 찾는 사람도, 할 일도 없는 주말.

나는 데뷔곡부터 가장 최근에 활동한 노래까지, 공식 채널에 올라와 있는 안무 연습 영상을 차례로 감상했다. 곡이 바뀔 때마다 멤버들의 모습도 조금씩 달라졌다. 다른 멤버들도 뒤로 갈수록 체격이 커지고 인상이 강해졌지만, 특히 막내 W는 키가 3센티씩은 자라는 것 같았다.

멤버들은 틈만 나면 연습생 시절을 떠올리면서 즐거워했다. 지겹지도 않은 모양이다. 막내에게 깜짝 생일 파티를 해 주려고 싸우는 척 심각한 분위기를 연출했다가 결국엔 막내를 울린 일화, 숙소 이층 침대 자리를 차지하려고 치고받고 싸운 일화, 몰래 연습실을 빠져나와 근처 아파트 놀이터에서 놀았던 일화……. 항상 같은 레퍼토리지만, 매번 처음 얘기하는 것처럼 재밌어했다.

밤새 땀 흘리며 연습하고, 숙소로 돌아와서는 텅 빈 천장을 바라보며 미래에 대한 불안과 꿈을 털어놓고 공유해 왔을 그들만의 단단함, 그게 멤버들을 감싸고 있는 공기였다. 간절한 만큼 치열했을 그 시절을 함께 견뎌 낸 사람들과 회상한다는 건 어떤 기분일까. 팀이 있다는 건, 동료가 있다는 건 어떤 의미일까.

에이세븐의 옛날 영상을 보면 두 가지 이유로 기분이 싱숭생숭 복잡해졌다. 하나는 세월이 벌써 이만큼 흘렀구나, 하는 놀라움. 다른 하나는 더 빨리 입덕할걸, 하는 후회.

"고정원!"

밖에서 엄마가 불렀다.

"왜!"

"가서 분리수거 좀 하고 와!"

아이, 진짜. 인터넷 창을 닫고 거실로 나갔다. 신발장 앞에는 이미 빈 플라스틱 용기가 가득 담긴 비닐 가방이 놓여 있었다.

"날씨 좋은데 나가서 운동이라도 하지. 종일 방에만 있고."

"내가 알아서 해."

"네 친구들은 주말에 다들 뭐 해? 만나서 놀자 그래 봐."

"다 바빠. 학원도 가야 하고."

"소민이라도 만나든가."

"갑자기 무슨 소민 언니야."

소민 언니는 우리 언니와 유치원 시절부터 알고 지낸 절친이다. 웬 소민 언니 타령인가 했더니 내 친구 이름은 몰라서 그러는 모양이었다. 나는 군말 없이 비닐 가방을 들고 현관을 나섰다.

띵, 엘리베이터 문이 열렸다. 안에 타고 있는 사람이 구석으로 바짝 붙어 섰다. 검은 모자를 눌러쓴 여자였다. 쿵, 코를 들이마시는 소리가 났다. 우는 건가? 자꾸 시선이 갔다. 언뜻 옆 모습이 보였다.

"헉."

얼른 입을 틀어막았다. 검은 모자가 나를 쳐다봤다. 그냥 모른 척할걸. 누가 봐도 울다 나온 것처럼 시뻘게진 눈으로 연신 코를 훌쩍대는 여자는 놀랍게도 상담 선생님이었다.

"혹시 효선여고?"

"아. 안녕하세요."

엘리베이터가 1층에 도착했다. 쭈뼛거리던 내가 먼저 내리자 검은 모자, 아니 상담 쌤이 뒤따라 내렸다.

"내가 아직 이름을 잘 몰라. 혹시 몇 학년 누구야? 미안해."

"아니에요. 저 1학년 1반, 고정원이에요……."

"그래, 정원이구나. 여기 사니?"

나는 고개를 끄덕였다. 선생님은 벌겋게 충혈된 눈으로 나를 빤히 바라봤다. 자꾸 보면 안 될 것 같아 시선을 조금 아래로 내렸다.

"저기, 그거 급한 거야?"

"네?"

"분리수거 말이야."

선생님이 내 비닐 가방을 가리켰다. 나는 고개를 저었다.

"정원아, 혹시 동물 무서워해?"

"네? 아니요."

72

"그럼 잠깐 나 좀 도와줄래?"

"네?"

"일단 우리 집에 좀 가자."

집에요? 아무리 이웃이라지만, 학생이 선생님 집에 가도 될까? 하지만 저렇게 눈이 시뻘게질 정도로 운 거면, 굉장히 도움이 필요한 일이 있는 게 아닐까. 큰일은 아니었으면 좋겠다는 생각을 하면서 다시 엘리베이터에 탔다.

현관문 안쪽으로 펜스 같은 문이 하나 더 있었다. 선생님은 그 문도 열고 안으로 들어섰다. 나도 조심스레 뒤따랐다. 거실에는 담요와 옷가지들이 널브러져 있었다.

"정원아, 이 켄넬을 이렇게 세로로 들고 안 흔들리게 잘 잡고만 있으면 돼."

"네, 네."

"내가 쟤를 이 안에 쏙 넣으면 네가 문을 닫아 줘."

"아하, 알겠어요. 걱정 마세요."

너무 자신 있게 말했나. 선생님이 나를 보며 울컥한 표정을 짓더니 자세를 낮춰 소파로 다가갔다. 나는 켄넬을 든 채 굳은 듯 섰다. 선생님은 소파 앞에 엎드려 끙끙 우는 소리를 내기 시작했다.

"오늘은 접종도 해야 한단 말이야."

"……"

"갔다 와서 간식 줄게. 제발."

선생님이 소파 밑으로 팔을 뻗더니 무언가를 쑥 끌어당겼다. 희고 검은 고양이 인형 같은 것이 안겨 나왔다. 아, 인형이 아니라 진짜 고양이였다.

"으앗! 으앗!"

선생님은 알 수 없는 소리를 내지르며 켄넬에 고양이의 뒷다리부터 집어넣었다. 머리와 앞발까지 다 들어간 순간, 내가 잽싸게 문을 닫았다.

"오! 된 거죠?"

"응, 문도 잠갔어."

"이름이 뭐예요?"

"래오. 래오야."

"래오구나. 얘랑 어울려요."

오레오 과자 색깔이라 그런가? 켄넬 문이 덜컹덜컹 흔들렸다. 얘 성깔 있네. 안을 살짝 들여다보았다. 박력 있는 발짓과는 달리, 잔뜩 긴장했는지 동공이 동그랗게 커진 고양이가 몸을 한껏 웅크리고 있었다.

옆에서 킁, 코를 들이마시는 소리가 났다. 선생님이 눈물을 흘리며 울고 있었다.

"진짜, 하필 이럴 때 나밖에 없어서. 몇 시간을 혼자 고생했는지."

"……울지 마세요, 쌤."

선생님이 소매로 눈물을 훔치며 일어섰다. 어느 정도 마음

을 추스른 듯한 선생님과 나는 밖으로 나섰다. 선생님은 현관
문을 닫는 것도 깜빡해서, 내가 대신 문을 닫고 잠근 것까지
확인해야 했다. 선생님은 끙, 소리를 내면서도 양팔로 켄넬을
감싸듯 안아 들었다.

"정원아, 정말 고마워. 다음에 꼭 보답할게."

"네. 잘 다녀오세요."

"우린 그냥…… 여기선 이웃으로 지내자."

선생님은 뒤늦게서야 부끄러움이라는 감정이 찾아온 얼굴
로 나를 바라보았다. 대강 말뜻을 알아들은 나는 고개를 끄덕
여 보였다.

그럼 안녕! 선생님은 손 대신 고개를 양옆으로 인사하듯 휘
젓고는 빠르게 사라졌다.

에이세븐 멤버들도 고양이나 강아지를 많이 키운다. 그 고
양이들도 켄넬에 얌전히 들어가기를 거부해서 멤버들을 울릴
까. 별 영양가 없는 생각이 꼬리에 꼬리를 물고 이어졌다.

분리수거를 마치고 돌아와 도서실에서 빌려 온 책을 펼쳤
다. 주인공이 몰래 책을 훔쳐다 읽는 이야기였다. S는 이걸 보
며 재밌어했을까? 지은은 어느 부분에서 그만큼 좋았던 거
지? 그런 의문들은 점차 옅어지고, 책장을 넘길수록 이야기에
만 깊이 빠져들었다.

반쯤 읽고 나니 심장이 두근거려 계속 읽어 나갈 수 없었

다. 이럴 때는 누군가와 책 속 세상에 대해 실컷 떠들고 싶다. 달이는 이 책을 읽었을까?

달이한테 무슨 얘기든 하고 싶었다.

난 오늘 안무 연습 영상을 정주행하고, 상담 선생님이 같은 동에 산다는 사실을 알게 되고, 귀여운 고양이를 만나고, S가 재밌는 책을 읽을 때도 있구나 하는 생각을 했어. 그리고 아까 상담 선생님이 나한테 혹시 동물을 무서워하냐고 물었거든. 근데 그럴 리가 없잖아. 당연한 얘기를 왜 물어볼까 싶었지만, 사실 그 마음을 알 것 같아. 내가 좋아하는 것들, 소중하게 여기는 것들이 남들에게는 당연하지 않을 수도 있다는 걸. 하지만 내가 아끼는 것을 남들이 싫어할 수도 있다는 사실을 생각하면 마음 어딘가에 구멍이 나는 느낌이야. 달이 넌 내가 좋아하는 것들은 너도 다 좋다고 말했지. 그런데 다시 생각해 보면, 넌 그냥 좋아하고 아끼는 게 정말 많은 사람이라 그런 게 아니었을까? 넌 진짜로 뭘 좋아하고, 뭘 좋아하지 않았어? 너는 사실, 어떤 사람이야?

들어 줄 상대가 없는 머릿속 말들은 달이가 어떤 사람일까, 하는 의문에서 멈췄다.

습관처럼 폰을 집어 들었다. 문자함에도, 카카오톡에도, 트위터에도 새로운 알림은 없었다. 늦은 오후가 될 때까지 아무도 나를 찾지 않았고, 지금 내가 찾을 수 있는 사람도 없었다. 나는 휴대폰을 내려놓았다.

♪

책을 다 읽어 갈 때쯤, 지은이 신신당부했던 이유를 알게 되었다. 책장 사이에 메모지가 있었다. 떨어지지 않도록, 마스킹 테이프로 붙여 놓기까지 했다.

진정한 독서 안목을 지닌
「당신을 초대합니다」
'노잼 리스트'를 보개는 《목요 독서회》
일시: 매주 목요일 청소 시간
장소: 도서실 옆 자료실
준비물: 바로 이 초대장!

이게 뭐야? 노잼 리스트는 뭐고, 독서회는 또 뭐지?
그보다 더 놀라운 것은 그 내용이 적혀 있는 메모지와 마스킹 테이프였다. 그건, 에이세븐의 공식 굿즈였다. 굿즈 사이트에 회원 가입을 해야 살 수 있는, 멤버들의 캐릭터가 그려져 있다는 이유로 떡메모지 한 세트에 삼천 원이나 하는, 덕후가 아니라면 절대 사지 않을.
노잼 리스트는 'No 재미', 그러니까 재미없는 리스트를 말하는 건가? 재미가 없는데 왜 뽀개자는 거지? 인터넷에서 노잼, 노잼 리스트, 이런 단어들을 검색했다. 관련 있어 보이는 결과는 나오지 않았다. 지은이 붙여 놓은 게 맞겠지? 내가 에이세븐 덕후라는 걸 어떻게 알아챈 걸까?

충격과 의문에 빠져 있는 사이 목요일이 되었다. 신기하게도 그 며칠 동안은 복도에서도, 등굣길에서도, 급식실에서도 지은이나 그 애의 무리는 내 눈에 띄지 않았다.

머릿속에선 하루 종일 두 가지 생각이 싸워 댔다.

대박! 내가 드디어 학교에서 에이세븐 팬을 만나는 건가?

아냐, 아무래도 이건 무리수야. 그리고 난 지금 덕밍아웃 비슷한 걸 당한 상황 아니냐고.

7교시가 끝난 후, 나는 자료실 앞에 서 있었다. 어떤 표정으로 문을 열고, 무슨 말을 해야 하나. 그런데 길게 고민할 새도 없이 문 앞에 서는 순간 너무나도 쉽게 문이 열렸다. 밖에서가 아니라 안에서.

"어서 와!"

초코킥킥이 쏙 튀어나오더니 나를 안으로 끌어당겼다. 자료실 한가운데엔 기다란 테이블이 있었다. 그 끄트머리에 모여 앉은 사람들은, 역시 내 예상과 일치했다.

"책은 다 읽었어? 일부러 조금 뒤에 붙여 놨는데."

지은이 활짝 웃으며 말했다. 전에는 그저 상냥하고 똑 부러져 보이기만 했는데, 이제 보니 웃는 얼굴에 장난기가 아주 가득했다.

"나 보라고 붙여 둔 거 맞아?"

"응!"

"왜?"

"왜긴! 너도 에이세븐 좋아하잖아!"

초코킥킥이 끼어들었다. '너도'라는 건 자기도 에이세븐을 좋아한다는 뜻인가? 지은도 아이돌 덕후와는 거리가 멀어 보였지만, 여기저기 밖으로 놀러 다니기 바빠 연예인이라고는 잘 모를 것 같은 초코킥킥의 입에서 에이세븐이 나오다니.

"대출 목록 보고 안 거야?"

"응. 나랑 계속 겹치더라고."

지은이 씩 웃었다. 아니, 도서부원 자격을 이렇게 쓴다고?

"넌 리더랑 독서 취향 잘 맞아?"

조금 굳은 얼굴을 하고선 여태 말이 없던 다른 아이가 물었다. 급식실에서 지은과 초코킥킥과 같이 밥을 먹던 그 애였다. 지은과 초코킥킥도 약간 긴장한 표정으로 내 대답을 기다렸다.

"솔직하게 말해 줘."

"맞아. 이거 우리한텐 엄청 중요해!"

나는 조금 눈치를 살피다 고개를 저었다.

"아, 역시!"

"그럴 줄 알았어!"

"너무 심오하고 어려운 거만 읽지 않아?"

말수가 적은 아이의 말에 지은과 초코킥킥이 대꾸했다.

"그래도 다 읽긴 하겠지?"

"엥? 아닐 수도 있지!"

"뭐야, 배신감 들어."

애들은 갑자기 흥분해선 S의 독서 취향에 대한 불만을 쏟아냈다. 지은이 사뭇 진지한 표정으로 말했다.

"그래도 걔가 뭘 읽나 궁금하긴 하니까 같이 읽고 얘기하는 모임이야."

"근데 꼭 그 리스트만 읽는 건 아니야. 훨씬 더 재밌는 책 있으면 추천해도 돼!"

"같이할래?"

셋이 동시에 나를 쳐다보았다. 근데, 나를 왜 끼우려고 하는 거야? 우린 아무 사이도 아니잖아.

세 사람은 기대에 가득 찬 눈으로 나를 바라봤다. 이상하게 자꾸 눈에 띄고 마주치던 애들이 같은 팬인 것도 모자라, S의 책으로 나를 낚시하듯 엮어서 지금 이 자리까지 끌어당겼다. 순간 머릿속에 어떤 생각이 하나 스쳤다.

"그래! 좋아."

와! 초코킥킥이 신나게 짝짝 박수까지 쳤다.

"난 1학년 9반! 정여레야."

"너 반장이지?"

"헐. 어떻게 알았어?"

"반장들은 원래 유명해."

그런가? 지은의 말에 초코킥킥, 아니 여레가 고개를 갸웃했다. 그 옆에서 나를 물끄러미 보던 애가 말했다.

"나는 지은이랑 같은 2반. 한나현이야."

"안녕. 나는 1반, 고정원."

여레와 나현. 하루에 새 이름을 둘이나 알게 되었다. 나는 조금 멋쩍게 웃어 보였다. 나현은 아직 낯설어하는 표정으로 약간 물러나 있었다.

"혹시, 가방에 굿즈 키링 달고 다녀?"

"응. 맞아."

"뒤에서 우연히 본 적 있어. 누군지 궁금했는데, 너였구나."

정말? 나현의 표정이 조금 풀어지는 듯했다.

"정원이 너랑 친해지고 싶었어."

"그거 비밀이잖아! 벌써 말하면 어떡해!"

지은의 말에 여레가 장난스럽게 지은의 손을 잡고 흔들었다. 두 사람이 웃는 모습이 어쩐지 닮아 보였다.

왜 나랑 친해지고 싶어? 내가 같은 에이세븐 팬이라서? 뻔한 답을 듣기보다, 상상도 못 할 이유가 숨어 있을 거란 기대를 해 보고 싶었다. 나는 그 이유를 묻지 않기로 했다.

내 마음 깊은 곳에선 내려놓았던 기대가 다시 솟아나고 있었다. 작은 싹이 움트듯이 아주 조심스럽게. 어쩌면 나는 믿고, 기다리고 있던 게 아닐까? 우리는 이미 만난 적 있다는, 달이의 마지막 말을.

달이가 사라지자 이 셋이 나의 삶에 나타났다. 그건 뭘 암시하는 게 아닐까? 알고 보면 에이세븐을 매개로 모두가 아는 사이일지도 모른다. 달이에게서 내 얘기를 들었거나, 그게 아니라면……. 어쩌면 셋 중 하나가 달이일 수도 있지.

말도 안 되는 바보 같은 생각이라는 건 알지만, 가끔은 아주 작은 가능성에 마음을 기대고 싶어진다. 답을 알면서도 던지는 질문과, 끝을 알면서도 시작하는 일이 있다. 언젠가는 아이돌을 좋아하는 일에 지쳐 내가 먼저 손을 놓아 버릴 거란 사실을 알면서도, 지금은 다신 없을 것처럼 몰두하듯이.

♪

목요일 청소 시간. 일주일에 고작 20분만 만나는 모임이라고 생각했지만 그건 내 착각이었다. 세 사람은 시도 때도 없이 나를 찾아왔다. 아무 용건이 없어도 찾아왔다. 오늘도 1교시가 끝나고 여레가 왔고, 지은과 나현은 운동장으로 나가는 길에 들렀다며, 체육이 제일 싫다고 투덜거리다 갔다.

수업이 2분 정도 늦게 끝났다. 선생님이 문을 열자 복도에 세 사람이 서 있었다.

"깜짝이야, 이 녀석들아!"

"안녕하세요, 쌤!"

"넌 9반이 1반까지 어떻게 왔어?"

"뛰어왔어요!"

웃으며 외치는 여레 옆에서, 지은이 나를 보며 손짓했다.

"이번엔 셋 다 왔네."

"응. 우리 이거 나눠 먹자!"

우리는 계단 창문가에 서서 여레가 가져온 초콜릿을 먹었다. 초콜릿을 한 입 깨물었다. 겉은 약간 쫀득한데 속은 입에서 녹아 없어질 것처럼 부드러웠다. 백화점에서나 팔 법한 고급 초콜릿 같았다. 여레는 초콜릿을 상자째 들고서는 우리가 맛있게 먹는 모습을 흐뭇한 눈으로 지켜보았다.

"나현아, 이 색깔 먹어 봐!"

"나 아직 먹고 있어."

"아깐 쉬는 시간마다 다섯 개씩 먹을 거라며?"

"아. 생각보다 쉽지 않네."

여레가 놀리듯 말하자, 나현이 열심히 초콜릿을 우물거리며 분하다는 표정을 지었다.

"나현이 완전 초코 덕후거든."

지은이 나에게 속삭이듯 말했다.

"막내랑 초콜릿 많이 먹기 배틀 붙어 보고 싶다. 내가 이길 거 같은데."

막내라는 말에 순간 움찔했다. 큰 비밀이라도 되는 것처럼 너무 꾹꾹 눌러 담고 지냈나 보다. 학교에서 다른 사람과 에이세븐 얘기를 하는 게 아직 어색했다.

'막내는 에이세븐의 막내 W를 말하는 거고, 그 W가 초콜릿이라면 사족을 못 써. 아이스초코랑 초코케이크를 같이 먹는 정도야.'

이런 부연 설명 없이도 대화가 통하는 게 새삼 신기했다. 초콜릿을 먹으면 바로 W가 떠오르는 것처럼, 남들은 이해 못할 타이밍에 에이세븐이 툭툭 튀어나오고, 우리끼리는 그 맥락을 당연히 이해하는 것도.

"가서 밥 친구들한테도 줘."

여레가 초콜릿 두 개를 내밀었다. 여레는 주원과 혜수를 내 '밥 친구들'이라고 불렀다.

어느새 예비 종이 울렸다. 우리는 새 초콜릿을 까서 하나씩 입에 넣은 후 각자 교실로 흩어졌다. 나는 입 안에서 분주하게 초콜릿을 녹이며 주원의 자리로 갔다.

"이거, 9반 여레가 너 주래."

"걔가 왜? 암튼 고마워!"

주원은 초콜릿을 주머니에 집어넣었다. 반가워하는 기색이라 다행이었다. 이번엔 혜수에게 갔다.

"혜수야, 이거 9반 여레가 너 먹으라고 줬어."

"이게 뭐야?"

"초콜릿이야. 맛있더라. 나중에 먹어."

혜수 자리에 초콜릿을 조심스럽게 내려놓았다. 다른 건 몰라도, 혜수가 이 초콜릿만큼은 맛있게 먹어 주면 좋겠다는 생각이 들었다.

"정여레네 애들이랑 원래 아는 사이야?"

"아, 아니. 그냥 어쩌다 보니까. 도서실에서 자주 봤어."

차마 에이세븐 얘기는 할 수 없어 그렇게만 둘러댔다. 그렇구나, 혜수가 고개를 끄덕이며 미소 지었다. 친구가 갑자기 다른 무리와 가까워졌을 때 드는 서운함이나 질투, 그런 건 전혀 보이지 않았다. 내가 혜수라도 저렇게 아무렇지 않을 수 있을까?

S가 가장 최근에 읽은 책에 우리가 매긴 평점을 합산하자, 20점 만점에 17점이라는 높은 점수가 나왔다. 다음엔 같은 작가가 쓴 다른 소설을 읽어 보기로 했다. 그 책을 빌릴 겸 오랜만에 동네 도서관을 찾았다.

나는 시험이 끝난 뒤의 도서관이 좋다. 그때는 시험 기간에는 보이지 않던 것들이 눈에 들어온다. 과학이나 예술처럼 평소엔 잘 가지 않는 서가의 책들. 토익이나 고시책을 붙들고 있는 젊은 사람들, 돋보기안경을 쓰고 신문을 읽는 노인들까지. 시험이나 계절에 상관없이 항상 열람실을 지키는 사람들을 보면 묘한 안도감이 들었다.

책을 빌리고 나와 도서관 뒤 벤치에 앉았다.

달이도 책을 좋아했는데. 종이책부터 인터넷에 연재되는 웹 소설까지, 눈으로 보고 읽는 이야기는 다 재밌어했다. 하도 많이 추천해 줘서 다음에 찾아볼게, 하고는 그냥 넘어간 적이 많았다. 어디에 적어 두기라도 할걸. 하긴 달이는 좋아하는 게 정말 많았다. 에이세븐도 그중 하나였겠지.

독서 모임의 세 사람 중 달이만큼 좋아하는 것도, 하고 싶은 것도 많은 사람이라면……. 늘 호기심과 의욕이 넘치는 여레? 아니면 과자 봉지 뒤에 적힌 문구부터 학교 안내문까지, 글자라면 무조건 읽고 보는 지은이려나.

바람이 너무나도 고요해서, 어디론가 불어 가는 게 아니라 그 자리에 가만히 머물러 있는 것 같았다. 저만치서 보리빵 색의 강아지와 리드줄을 잡은 주인이 걸어갔다. 나는 시야에 들어오는 것들을 한참이나 바라보다, 바람이 조금 흩어진 후에야 자리에서 일어났다.

♪

엄마 심부름으로 슈퍼에 다녀오는 길이었다. 상담 선생님이 놀이터 안 정자에 앉아 있었다. 선생님은 피곤한 얼굴로 빈 그네 쪽만 물끄러미 보고 있다. 그냥 지나칠까. 그러기엔 래오의 근황이 너무 궁금했다.

"선생님, 안녕하세요."

"어어, 정원아."

선생님은 놀란 기색도 없었다. 그냥 이웃으로 지내자더니, 나를 정말 동네 학생으로만 보는지도 몰랐다.

"래오는 잘 지내요?"

"응. 밥도 잘 먹고 장난도 잘 쳐. 오늘도 오전 내내 놀다가 지금은 낮잠 자."

"다행이네요."

"근데 정원아, 내가 선생님처럼 안 생겼니?"

"네?"

"아까 여기서 남자애 둘이 담배를 피우고 있는 거야. 얼른 끄라고, 너희 학교 선생님한테 다이렉트로 일러 줄 수 있다고 하는데도 코웃음 치면서 그냥 가 버리는 거 있지."

그렇게 말하는 선생님이 사실 내 눈에도 학교 선생님 같아 보이진 않았다. 선생님은 내 손에 들린 비닐봉지를 흥미롭다는 듯 바라보았다.

"슈퍼 다녀오니?"

"네. 선생님은 뭐 하고 계셨어요?"

"저기 뒤에, 테니스장 뒤쪽에 길냥이 밥 주는 자리가 있거든. 다 먹으면 빈 그릇 가져가려고 기다리는 중이야."

어쩐지 선생님이 적적해 보였다. 나는 조금 거리를 둔 채 정자에 앉았다.

"반 친구가요, 상담실 가면 어떤 얘기 하는지 궁금하대요."

"그래? 왜 그럴까?"

그럼 데리고 놀러와, 하고 흔쾌히 말할 것 같던 선생님은 어느새 다른 눈으로 나를 바라봤다. 이웃 어른이 아닌, 선생님의 눈으로.

혜수가 왜 그런 말을 했지? 한 번도 가 본 적이 없으니 궁금할 수 있겠다 했지만, 다른 이유가 있을 거라고는 생각해 보지 않았다.

"정원이 너랑 친한 친구니?"

친한 친구. 나는 이 말을 들을 때마다 누가 나에게 제동을 건 것처럼, 어떻게 해야 할지 모르겠다. 친하다는 건 어떤 건지, 상대의 동의 없이 일방적으로 친한 친구라는 범주 안에 집어넣어도 되는 건지, 그런 게 늘 궁금했지만 알려 주는 사람은 없었다.

"같이 매점 다니고 그러면 친한 친구인가요?"

"그럼. 친한 친구지."

"같이 다니긴 하는데, 할 얘기가 많지는 않아요."

"그건 차차 맞춰질 거야. 모든 얘기를 시시콜콜 다 하진 않아도, 그 친구랑만 유독 잘 통하는 주제가 있을지도 모르고."

"학교 안에서만 같이 다니고, 학교 밖에서나 주말에는 따로 만난 적도 없어요."

"그럼 정원이 네가 먼저 얘기를 꺼내 봐. 영화를 보러 가도 좋고, 서점에 책 구경하러 가도 좋고."

책 구경이라니. 그건 독서 모임 아이들과 더 어울릴 것 같았다. 그 셋과 나는 친한 친구라고 말할 수 있을까?

"근데 선생님은 학생 때 어떤 책 읽었는지 기억나세요?"

"음. 『호밀밭의 파수꾼』. 혹시 읽어 봤니?"

나는 고개를 저었다. 제목은 자주 들었지만, 읽어 본 적은 없었다.

"거기서 주인공 남자애가, 자기는 절벽 앞에 서서 뛰어다니는 어린아이들이 떨어지지 않도록 붙잡아 주는 파수꾼이 되고 싶다는 말을 하거든. 그때 그런 생각이 든 건지도 모르지. 나도 절벽을 지키고 선 사람이 되어야겠다고. 책 읽는 거 좋아하니?"

어쩌다 보니 자주 읽게 된 건데, 설명하려면 얘기가 너무 길어질 것 같아 그냥 독서를 좋아하는 사람이 되기로 했다.

"네."

"청소년 수련관 가는 쪽 골목에 책방이 있는데, 혹시 알아? 다음에 친구 데리고 놀러 가 봐. 신기한 책이 많아."

거긴 온통 다 신기해. 선생님이 혼잣말하듯 덧붙였다. 재밌는 책, 좋은 책도 아니고 신기한 책은 또 뭐지? 궁금한 게 아직 남았지만, 오늘은 질문을 너무 많이 했고 엄마도 나를 기다리고 있을 거였다.

"네. 선생님, 여기 모기 많이 나와요. 얼른 들어가세요."

"그래! 그럼 또 보자. 학교에서든, 동네에서든."

"네!"

"그리고 아까 말한 친구, 다음에 상담실에 데리고 와. 차라도 마시고 가."

혜수가 차는 마시겠지? 나는 고개를 끄덕였다. 선생님께 인사를 하고 놀이터 입구를 빠져나왔다. 동네가 꽤 어둑해져 있었다.

집으로 와 책장을 살펴보았다. 『데미안』, 『수레바퀴 아래서』, 『이방인』, 그런 익숙한 제목들 사이 『호밀밭의 파수꾼』이 있었다.

어른이 된 내게 누군가 학생 때 읽은 책을 물어본다면 무엇을 고를까? 나에게도 각별한 의미로 남는 책이 생길까?

마음을 건드리는 것들에게만 방을 하나씩 내주고, 그게 차곡차곡 쌓이고 빚어지면서 한 사람의 내면이 완성되는 건지도 모른다. 난 스무 살, 서른 살이 되면 무엇을 좋아하는 어른이 되어 있을까? 그땐 내가 좋아하고 아끼는 것들을 남들 앞에서도 자신 있게 말할 수 있을까?

♪

트위터에 접속했다. 어디에서도 새로운 떡밥이 올라오지 않았다. 이제 진짜 비활동기구나. 나와 에이세븐 사이의 거리가

90

원래는 사만 킬로미터였다면, 비활동기에는 거기에 오천 킬로미터쯤 더해지는 느낌이다.

트위터 타임라인도 한동안 조용하더니, 내일 마감인 인기 투표에서 2위로 밀리고 있다는 트윗이 도배되어 올라왔다. 링크된 주소로 들어가 한 표를 던졌다.

독서 모임 단톡방에도 투표 링크를 올렸다.

역시, 얘네가 이 투표를 모를 리가 없지. 반응을 보니 괜히 뿌듯했다.

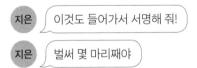

지은이 보낸 링크를 클릭했다. 수족관의 돌고래가 연이어 폐사하고 있다는 설명과 함께, 한 해양 테마파크의 벨루가 돌고래를 방류해야 한다는 서명 운동이었다.

내용을 꼼꼼히 읽고 나서 이름과 메일 주소를 적고 서명 버튼을 눌렀다. 수족관에 갇혀 있는 돌고래를 구경하고 싶다는 생각은 해 본 적 없지만, 그런 돌고래들을 방류하려고 목소리를 내는 사람들이 있다는 것도 나는 모르던 세상이었다. 돌고래 얘기가 왜 갑자기 튀어나온 거지? 하지만 그 맥락이 이해가 안 되는 건 나뿐인지, 나현과 여레는 대화창에 분노에 찬 말들을 쏟아 내고 있었다.

돌고래 불쌍해, 안됐다, 테마파크 망해 버려라! 머릿속에 떠오르는 말들은 있었지만, 진지하게 화를 내고 속상해하는 셋을 보니 그런 말들이 너무 가볍게 느껴졌다. 그 애들의 대화에 어떤 말도 쉽사리 보탤 수 없었다. 나는 셋의 대화를 가만히 지켜보다 대화창을 껐다.

다음 날, 저녁 급식을 먹고 우리는 밖으로 나와 운동장을 걸었다. 불그스름한 노을빛이 교정을 비추었다. 바람이 딱 걷기 좋을 만큼 선선했다.

소코킥킥 봉지를 든 나현과 팔짱을 낀 지은이 앞서 걸었다. 나는 조금 뒤처져서 걸었다. 여레가 걸음을 늦추더니 옆으로 다가와 손을 잡았다.

"여레야, 그거 우리가 1위 했어."

"무슨 1위?"

"어제 투표 링크 보낸 거 말이야."

여레가 아하, 하고 고개를 끄덕였다. 너도 들어가서 투표했어? 물어보려다 말았다.

지금 나와 함께 걷고 있는 세 사람처럼 에이세븐 팬은 사실 어디에나 있다. 그중에서도 유독 달이가 나와 잘 통한다고 느꼈던 이유는 우리가 에이세븐을 좋아하는 마음의 생김새와 온도가 비슷했기 때문이라고 생각한다.

부디 이 일을 오래오래 해 줘라, 일하는 동안에는 건강하고 만족스럽기만 해라, 뭐 그렇게 그들의 인생을 응원하는 마음이라고 해야 하려나. 나와 달이는 그런 점이 비슷하고 찰떡같이 대화가 통했다.

그건 독서 모임의 셋도 비슷했다. 하지만 온도는 달랐다. 아직 세 사람을 다는 모르지만 한 가지는 분명했다. 여레의 온도가 가장 낮다는 것. 다 같이 있을 때, 여레가 먼저 에이세븐 얘기를 꺼내거나 새로운 소식을 알고 있는 일은 드물었다.

"정원아, 오늘 야자 때 뭐 할 거야?"

"나? 수학 풀다 시간 다 갈 것 같아."

"나도 그럼 수학 해야지!"

여레가 신난 목소리로 말했다. 혼자만 반이 멀리 떨어져 있어서인가? 여레는 우리가 각자 무엇을 하는지 자주 궁금해했다. 자기 전에 무슨 노래를 듣는지, 주말에 어떤 책을 읽는지, 그런 사소한 것들을 매번 먼저 물었다.

여레가 궁금해하는 친구들은 나 말고도 많지 않을까? 여레는 항상 내가 모르는 아이들에게 둘러싸여 있었다. 여레는 어떻게 그 많은 사람에게 자기 온기를 나눠 줄 수 있는 걸까?

어쩌면 여레와 나는 애초에 가지고 태어난 온기가 다를지도 모른다. 나는 얼마 되지 않는 내 온기를 온통 에이세븐에게 쏟아붓고는 그게 식거나 꺼질까 봐 애를 태운다.

여레가 모두에게 자신의 온기를 나누어 주려면, 에이세븐과 나에게 줄 수 있는 건 부족할 수밖에 없었다. 난 여레를 그렇게 이해했다. 하지만 나에게는 크고 중요한 것이 여레에겐 그만큼의 비중을 차지하지 않는다고 생각하자, 조금 가까워진 것 같던 여레가 다시 몇 발짝 멀어지는 느낌이었다.

여레는 달이가 될 수 없어. 달이와 여레는 온도가 달라. 골목 끝에서 모퉁이를 돌아 드디어 내 모습이 누구에게도 보이지 않게 됐을 때처럼, 아무도 모르게 울고 싶었다. 내 손을 잡은 여레의 손이 너무나도 따뜻하고, 그 애의 표정이 다정했기에 더 그랬다.

♪

에이세븐이 비활동기에 들어가면서 S의 독서 근황도 알 수 없었다. 우리는 이참에 읽고 싶었던 책을 실컷 읽기로 했다. 독서 활동 시간과 야자를 활용하면 아주 두껍거나 어렵지 않은 소설책은 며칠 만에 읽을 수 있었다. 우리는 기욤 뮈소, 더 글라스 케네디, 프레드릭 배크만의 유명한 책들을 읽어 나갔다. 책장이 술술 넘어가는 책들이었다. 이런 이야기를 만드는 사람들의 머릿속에는 도대체 뭐가 들었을까?

이름은 목요 독서회이지만, 독서 모임은 요일과 상관없이 언제든지 열렸다. 누구라도 이 책 읽어 봤어? 재밌던데, 하고 운을 띄우면 그만이었다. 별 목적이 없이도 자료실에 모이는 날들이 많아졌다.

도서실 옆 자료실은 아직 분류 작업을 하지 않은 신간, 파손된 책들, 지난 교지부터 도서실 관리에 필요한 자료와 잡동사니를 모아 놓은 방이었다. 도서부에서 관리하는 곳이라 도서부원은 누구나 드나들 수 있지만, 거기서 다른 도서부원을 마주친 적은 한 번밖에 없었다.

"안녕. 다른 애들은?"

"왔어? 여레랑 나현이는 매점 갔어."

지은은 노트에 무언가를 바쁘게 쓰고 있었다. 긴 테이블 위에는 한국사 교과서와 참고서가 여기저기 펼쳐져 있다.

"한국사 수행 평가지?"

"응. 오늘 내내 이거만 붙잡고 있어."

지은은 필기를 멈추지 않았다. 맞은편에 앉아 지은의 노트를 구경했다. 진지한 바탕체라고 해야 하나. 어른이 쓴 것 같은 글씨였다. 둥글둥글한 달이의 글씨체와는 완전히 달랐다. 자료실로 오면서 조금 들떴던 기분이 다시 가라앉았다. 난 무엇을 기대한 걸까?

"……넌 언제부터 좋아했어?"

에이세븐 말이야, 덧붙이고는 가만히 지은의 대답을 기다렸다. 수행 평가 때문에 정신없는 애한테 갑자기 이상한 걸 물었나? 하지만 궁금했다.

"난 얘네 데뷔했을 때부터!"

"와, 말로만 듣던 데뷔 팬이네."

"내가 보는 눈이 있지."

지은이 뿌듯한 얼굴로 말했다. 데뷔 때라니, 우린 그때 초등학생이었다.

"어쩌다 좋아한 거야?"

"애들 웃기잖아!"

지은은 아주 당연하다는 듯 말했다. 에이세븐은 개그 그룹이 아니라 아이돌인데? 하지만 멤버들이 웃기긴 하지.

"그리고 자기들끼리 정말 친하잖아. 그게 좋아 보였어."

팀이니까 당연히 친하지,라고 생각하기 쉽지만 팬의 눈으로 오래, 유심히 봐야만 알 수 있는 것들이 있다. 나이도, 성격도, 살아온 배경도 다른 성인 일곱이 일을 목적으로 엮여서 온종일 같이 있는데, 마냥 사이가 좋을 수만은 없었다.

"사실 누가 성격이 어떻고, 누가 제일 착한 사람인지 그런 걸 우리가 어떻게 알아. 보여 주는 모습만 보면서 그렇겠구나, 짐작하고 넘어가는 거지. 근데 뭉뚱그려서 보면, 팀에서 풍기는 느낌은 분명하잖아. 에너지 넘치고, 유쾌하고, 보는 사람도 덩달아 웃게 되고 기분 좋아지는, 그런 것들. 그게 다 멤버들이 친하고 서로를 좋아하는 데서 오는 게 아닐까? 난 그거 하나만큼은 내가 보는 게 맞다고 생각해."

달이와도 비슷한 대화를 한 적 있다. 멤버 한 명, 한 명을 두고도 좋아하지만, 그들이 이루는 팀을 훨씬 더 많이 좋아한다는 말. 나는 그들이 함께 있을 때 어떤 공기가 감도는지, 그것만큼은 자신 있게 말할 수 있다. 나는 멤버들을 보면서 배우기도 했다. 우린 영원할 거야, 우린 가족만큼 가까운 사이야, 애써 말로 내세우지 않아도 그 견고함을 믿는 사람들의 눈을. 그걸 틀렸다고, 나 좋을 대로 해석하는 거라고 말할 수 있을까?

아이돌을 좋아하는 일은 사실 어떤 위험 부담을 안고 하는 일인지도 모른다. 나는 상대를 온전하게 알지 못하고, 상대는 나의 기대를 알지 못한다. 믿음과 응원의 대가가 상처와 실망이 되어 되돌아오기도 한다. 하지만 그건 아이돌과 팬뿐만 아니라 모든 관계가 다 그렇지 않나?

"에이세븐이 결국 연말 대상 하나 못 받고, 음원 차트 1위도 못 해 보고 해체돼도 괜찮아. 노력했는데 상황이 따라 주지 않은 걸 어떻게 탓하겠어? 난 내가 어른이 됐을 때, 여기에 내 마음이랑 시간을 쏟은 걸 후회는 안 했으면 좋겠어. 그런 걸 후회하다 보면 괜히 사람이 미워지잖아. 그러기 싫어."

지은이 담담하게 말했다. 난 그동안 지은이 어떤 사람들을,

어떻게 좋아했는지 궁금해졌다. 실망도 하고, 상처도 받고, 그런 시간을 충분히 보내고 또 견뎌 낸 게 아닐까. 그랬기에 더는 사람을 좋아하는 일에 자기가 소모되지 않도록 중심을 지키는 여유를 가지게 된 게 아닐까.

"그래도 대상은 받았으면 좋겠다."

지은이 말했다.

"걱정 마! 받을 거야."

"올해? 가능할까?"

"하반기에 앨범 하나 더 나오지 않을까? 그때 다시 얘기해 보자."

"정원이 너 보기보다 되게 현실적이구나."

보기보다,라니. 내가 얼마나 냉철한 타입인데. 우리는 눈이 마주쳤고, 누가 먼저랄 것도 없이 웃음을 터뜨렸다. 훗날 이 덕질을 어떻게 회상하게 될지는 모르지만, 적어도 지금 난 이 일이 재밌고 즐겁다. 혼자 하는 게 아니라서 더더욱. 지은이 어떤 마음으로 그들을 응원하는지 알게 되자, 지은과 조금 더 가까워진 기분이 들었다.

독서 모임의 세 사람은 참 묘하다. 갑자기 내 일상에 나타나선 오래전부터 친했던 사이처럼 굴다가, 문득 우리는 조금 다른 세상에 있다는 걸 체감하게 한다. 그러다가도 또다시 내 옆으로 가까이 다가와 앉는다.

"주말에 읽은 책인데, 너도 읽어 봐."

지은이 노트 더미를 뒤적이더니 하얀색 표지의 책을 한 권 내밀었다. 우리나라 작가가 쓴 소설이었다.

"무슨 내용이야?"

지은이 곰곰이 생각하는 표정을 짓더니 고개를 내저었다. 요즘 아이돌 그룹은 대부분 저마다의 콘셉트와 세계관이 있다. 누가 나한테 에이세븐의 서사를 묻는다면, 나도 저런 반응을 보일지 모른다. 말로는 설명 못 해, 직접 봐야 그 감동을 알아, 뭐 그런 거.

"일단 읽어 봐. 재밌어."

"그래! 기대된다."

"읽으면서 계속 너 생각나더라. 네가 좋아할 것 같은 주인공이야."

주인공 여자애 둘이 사촌인데, 난 여기 나오는 애들만큼 멋진 우정은 못 본 것 같아, 지은이 덧붙였다. 나는 지은이 자기가 읽은 책을 두고 하는 말들이 좋았다. 일찍 철들어 버려서 사람과 세상에게 마냥 낙관하지 않으면서도, 가슴속에는 아무에게나 내주지 않는 다정함을 지닌 주인공. 지은은 그런 인물이 나오는 이야기를 오래 기억했다. 그걸 보면서 지은이 어떤 사람에게 애정을 느끼고, 또 어떤 세상을 그리워하는지 알 수 있었다.

"기말 얼른 끝났으면 좋겠다. 책 실컷 읽게."

"……넌 소설책 읽는 게 왜 그렇게 좋아?"

"그냥! 재밌잖아!"

당연한 거 아니냐는 듯, 지은의 눈이 동그랗게 커졌다.

"그리고, 책 속에는 미운 사람들이 없어."

"……."

"뭘 해도 밉진 않아. 그래서 좋아. 마음이 편안해져."

집으로 돌아와 새벽 늦게까지 지은이 빌려준 책을 읽었다. 어느덧 계절은 여름으로 이어지고 있었다. 습기를 머금은 공기가 조금 무겁게 가라앉아 있었다. 창문을 약간 열어 놓고 오래된 시골 마을이 나오는 책을 읽고 있으니 내 귀에도 여름 풀벌레 소리가 들려오는 것만 같았다.

심장이 막 두근거렸다가, 고요하게 가라앉았다가, 울컥 치달았다가, 가만히 미소 짓게 되는 구간이 있다. 지금 지은이 내 옆에 있다면 말하고 싶었다. 이건 지은이 네가 좋아하는 이야기잖아. 그리고 동시에, 내가 좋아하는 거고.

여례는 민 우주나 깊은 바다, 이번 생에서는 끝내 살아 보지 못할 시대 같은, 아무런 제한 없이 마음껏 상상할 수 있는 넓은 배경이 펼쳐지는 이야기를 정말 멋있어했다. 나현은 사소한 사건과 계기가 차곡히 쌓여 결국엔 하나의 거대한 맥락으로 뻗어 나가는 이야기에 감탄했다. 두 사람이 그런 이야기를 좋아한다면, 이건 지은과 내가 사랑할 수밖에 없는 인물과 이야기였다.

어느 사이에 세 사람의 독서 취향까지 알게 된 걸까. 지은이 그랬듯이, 이젠 나도 좋은 이야기를 보면 그 애들을 가장 먼저 떠올리게 될지도 모른다. 이건 여레가 재밌어하겠다, 얘는 나현을 닮았네, 이러면서.

어쩌면 친한 친구라는 건 이런 건가? 책을 덮고 나니 그런 생각이 들었다.

이대로 잠들면 꿈에서도 책 속 이야기가 이어질지 몰랐다. 가만히 눈을 감고 잠이 찾아오기를 기다렸다. 그러면서도 오늘 하루가 끝나는 게 아쉬웠다. 심장이 딱 기분 좋을 정도로만 쿵쿵 뛰어서, 나는 세 사람의 대화창에 처음 초대된 그날처럼 한참을 뒤척인 후에야 잠들 수 있었다.

♪

상담 선생님의 얘기를 들었을 땐 정말 가 봐야겠다는 생각은 하지 않았다. 그런데 내가 찾아가지 않았는데도, 책방이 내 앞에 나타났다.

날씨가 좋아 도서관에서 버스를 타지 않고 집까지 걸어가는 길을 택했다. 주택 단지 사이로 큰 골목을 몇 개 지나면, 30분 만에 갈 수 있는 거리였다. 갑자기 러시아 문학에 꽂힌 여레의 제안으로, 우리는 이번 여름 방학에 도스토옙스키의 작품을 하나는 읽어 보기로 했다. 내용은 둘째 치고, 책이 너무 두꺼워 다 읽을 수 있을지 자신이 없었다. 가방 속 『죄와 벌』 두 권이 내 어깨를 한껏 짓눌렀다.

문득, 골목 가장자리를 아주 유유히 걸어가고 있는 노란 털 빛의 고양이가 눈에 띄었다.

"냐아."

비키라는 뜻인가? 고양이는 내 옆을 지나면서 한마디 하고 는 토토토, 가벼운 발걸음으로 걸어갔다. 그들의 언어는 잘 모 르지만, 지금이 신난 상태라는 건 알 수 있었다.

"냐아앙."

"뭐라고?"

나한테 하고 싶은 말이 있나? 고양이는 저만치 앞서가다 도 멈춰서 나를 돌아봤다. 고양이는 골목 끝까지 토토토, 가더 니 한 주택 안으로 들어섰다. 저기가 자기 집인가? 입구 앞에 놓여 있는 작은 입간판이 보였다.

구쿠 책방. 책과 음료. 이야기.

그 순간, 전에도 여기를 지나쳤다는 사실이 기억났다. 집처 럼 생겼는데 책방이네, 생각한 곳이었다.

"냐아!"

"왜? 왜 자꾸 불러."

고양이가 다시 다가오더니, 꼬리로 내 한쪽 다리를 스르륵

감으면서 발 사이로 지나갔다. 고양이는 고로록, 소리까지 내기 시작했다. 완전 개냥이구나. 안쪽에서 시선이 느껴졌다. 고개를 들자 마당에 선 여자가 웃으면서 나를 보고 있었다.

"아, 안녕하세요."

"안녕, 쿠미가 너 맘에 들었나 보다."

"이름이 쿠미예요?"

"응. 여기 근처 살아? 잠깐 들어왔다 가!"

여자가 손짓하며 말했다. 쿠미는 자기한테 하는 말인 줄 알았는지, 꼬리를 꼿꼿하게 세우고는 그쪽으로 토토토, 걸어갔다. 쿠미를 따라서 마당을 지나 건물 안으로 들어갔다. 나무문을 밀고 들어서자 눈앞에 보이는 것은 온통 책, 책, 책이었다. 헨젤과 그레텔이 과자 집을 처음 발견했을 때 이런 기분이었을까.

어떤 일이 있어도 무너지지 않을 것처럼, 벽을 가득 메우며 천장까지 맞닿아 있는 서가에는 책들이 잘 짜인 조각처럼 빼곡하게 들어차 있다. 더 가까이 다가갔다. 새 책 냄새. 새 책을 열어 책장을 파라락 넘기면 나는 기분 좋은 시원한 냄새가 묻어 나왔다.

"학생이지? 내가 말을 편하게 해도 될까?"

이미 그러고 계신데요,라고 속으로만 생각하면서 고개를 끄덕였다. 다들 학생은 한눈에 알아보지만 어른은 어렵다. 우리 언니 또래일까, 아님 상담 선생님과 더 가까울까, 몰래 가늠해 봤지만 감이 오지 않았다.

"이름이 뭐야?"

"고정원이에요."

"되게 초록초록 할 것 같은 이름이네. 몇 학년?"

"1학년이에요."

"고등학교?"

"네. 효선여고 다녀요."

"그렇구나! 흠, 난 여기 사장이야. 이름은 정수고, 나이는 서른둘이란다."

뭐 마실래? 하고 여자, 아니 사장 언니가 물었다. 사장이라는 후광 때문일까, 뭐든 말만 하면 다 내어 올 것처럼 보였다.

"오렌지 들어간 거 있나요?"

"오렌지 좋아하는구나. 에이드 만들어 줄게! 천천히 구경하고 있어."

어린 친구들은 탄산 넣은 걸 좋아하겠지? 혼잣말인 듯 아닌 듯 중얼거리며 사장 언니가 주방 쪽으로 갔다. 쿠미는 어디 한번 둘러봐, 하는 심드렁한 눈으로 나를 응시했다.

벽면을 따라 있는 책장 앞으로 갔다. 군데군데 아는 이름과 제목이 눈에 띄자, 친구를 우연히 만난 것처럼 반가웠다. 표지가 초록색인 책들이 모여 있어 가까이 가서 보니 채식과 식물에 관한 책들이었다.

중앙에 있는 테이블에는 고양이와 강아지, 고래 그림이 그려진 엽서와 노트가 놓여 있었다. 전국, 아니 전 세계를 돌아다니면서 고래가 그려진 엽서는 다 모아 온 걸까 싶을 정도로 제각각 다르게 생긴 고래들이 정말 많았다.

나는 사장 언니가 내온 오렌지에이드를 한 입 들이켰다. 내가 마셔 본 오렌지 음료 중에 가장 달고, 시원하고, 맛있었다.

"고래가 되게 많네요."

"나도 고래를 좋아하기는 하는데, 고래 덕후는 따로 있어."

"아. 어디 가셨나 봐요."

"쿠몽이랑 산책 갔어."

"쿠몽이는 누군가요?"

"귀여운 강아지. 까만 강아지. 사진 보여 줄까?"

사장 언니가 폰을 내밀었다. 배경 화면에 검정과 갈색이 섞인 강아지가 입을 벌린 채 웃고 있었다.

"'쿠쿠'는 쿠몽이랑 쿠미에서 따온 건가요?"

"비슷해. 쿠쿠는 쿠몽이에서 따왔고, 쿠미는 쿠쿠에서 따온 거야. 순서를 알겠어?"

"아아. 네! 알겠어요."

"오, 대단한데. 정원이 너 공부 잘하나 보다!"

사장 언니가 대견하다는 듯 말했다. 나는 굳이 정정하지 않았다.

사장 언니와 나는 창가 앞에 있는 긴 테이블에 나란히 앉아, 창밖 마당으로 동네 길고양이들이 들락거리는 모습을 구경했다. 사장 언니 말로는 처음에는 밥을 먹고 가는 애들이 많지 않았는데, 쿠미가 다른 아이들을 몰고 오기도 하고 고양이들 사이에선 꽤 소문이 났는지 주기적으로 오는 아이들만 일곱이 넘는다고 했다.

"쟤, 코에 뭐 묻은 애요. 제가 아는 고양이랑 비슷하게 생겼어요."

"그래? 나도 비슷한 고양이 아는데. 애들이 왜 다 코에 뭘 묻히고 있을까, 그렇지?"

고양이들은 마당 가장자리에 있는 밥 자리에서 사료를 먹기도 하고, 온 마당을 뛰어다니고 서로 덤벼들면서 놀기도 했다. 여름 햇살이 가득 쏟아지면서 마당의 초록 잔디가 푸르게 빛났다.

"정원아, 책 읽는 거 좋아해?"

"소설을 좋아하는 친구들이 있어서요. 걔네랑 같이 자주 읽어요."

"그럼 이것도 읽어 볼래? 소설은 아닌데, 그냥 아무 생각 없이 보면 재밌을 거야."

사장 언니가 가운데 책장에서 책 한 권을 꺼내 왔다.

『투덜이 참새』. 제목도 저자도 투덜이 참새였다.

"에세이야. 집에 가서 읽어 봐. 선물로 줄게."

"네? 아니에요! 괜찮아요."

"아냐, 보다시피 너무 많아서."

사장 언니가 유쾌하게 웃었다. 계속 사양하기엔 책이 정말, 말 그대로 너무 많았다.

"다음에 친구들 데리고 놀러 와! 그거면 돼."

"네! 꼭 다시 올게요."

이제 곧 방학인데, 애들이랑 방학에도 만날 수 있을까? 세 사람도 여기에 오면 분명 즐거워할 거라는 생각이 들었다. 기회가 안 된다면 혼자서라도 또 와야지, 쿠몽이랑 고래 덕후라는 분도 궁금하니까.

『죄와 벌』, 그리고 『투덜이 참새』가 든 가방을 메고 책방을 나섰다. 쿠미는 나를 유인할 때는 언제고, 지금은 카운터 위에 동그랗게 웅크려 잠만 자고 있었다. 책방을 나와 익숙한 골목을 걸으니 현실에서 잠깐 벗어나 있다가 다시 돌아온 느낌이었다. 거긴 온통 신기해, 하던 선생님의 말뜻을 어쩐지 알 것 같았다.

♪

저녁 급식 시간이 되자 혜수가 내 자리로 찾아왔다. 혜수의 얼굴은 물기라고는 다 빠져 버려서 바싹 마른 것같이 건조하고, 지쳐 보였다.

"주원이는?"

"심화반 애들이랑 먹는데."

주원은 지난 중간고사와 모의고사 성적을 합산해서 상위권 학생들만 들어갈 수 있는 심화반에 배정되었다. 처음엔 심화반 자습실에선 문제집 넘기는 소리도 눈치가 보인다며 투덜대던 주원은 저녁을 먹고 나면 가방을 챙겨 바로 자습실로 향하는 날들이 많아졌다. 그리고 이제는 야자 쉬는 시간에도 교실에 들르지 않았다.

혜수는 밥을 먹는 내내 아무 말이 없었다.

"돈가스 안 좋아해?"

내가 물었다. 혜수가 고개를 들어 물끄러미 나를 보았다.

"너도 하나만 받았길래."

"응. 별로."

"소스라도 좀 주지."

실없는 내 말에 혜수가 픽 웃었다. 혜수는 벌써 식사를 끝냈는지 남은 반찬을 국그릇에 담았다. 국그릇은 당장이라도 흘러넘칠 듯했다.

교실로 돌아오니 주원의 자리는 말끔하게 정리되어 있었다. 이미 짐을 챙겨 심화반 자습실에 간 모양이었다. 비어 있는 자리를 보자 마음이 알 수 없는 것들로 가득 차 복잡해졌다.

양치를 끝내고 혜수의 자리로 찾아갔다.

"좀 걸을래?"

"지금?"

"응. 소화도 시킬 겸. 밖에 저녁 공기 되게 좋아."

내가 세 사람과 매일같이 운동장 산책을 하는 동안, 혜수는 뭘 하고 있었을까? 주원도 자습실로 가 버린 날엔 혼자 있었던 걸까? 혜수는 다른 아이들과도 친하고 얘기도 잘하니까 그러진 않았겠지. 아냐, 이것도 내 마음 편할 대로 생각하는 건 아닐까?

운동장을 걷는 혜수는 금방이라도 없어질 것처럼 희미해 보였다. 나는 또 비슷한 상황에 놓이게 되는 걸까. 달이가 사라졌을 때처럼, 나는 혜수와 멀어진 후에야 정작 혜수에 대해 아는 게 없었다는 생각에 아쉬워하지는 않을까.

"저기, 혜수야."

"응?"

"넌 집에 가면 뭐 해?"

"글쎄. 그냥 폰 좀 보다가 자는 것 같은데."

"그렇구나."

폰으로 뭘 하는데? 묻고 싶지만 어쩐지 망설여졌다. 반대로 혜수가 나에게 묻는다면? 난 솔직하게 말할 수 있을까?

"근데 넌 SNS 안 해?"

혜수가 주머니에서 휴대폰을 꺼내며 물었다. 배경 화면은 여전히 같은 사진이었다. 그 순간, 이상하게도 뭔가를 들켜 버린 기분이 들었다.

"……."

"하긴. 나도 폰 좀 줄여야겠다."

혜수가 덤덤하게 말했다. 나는 왜 대답을 하지 않은 거지? 어쩌면 혜수는 나한테 자기 아이디를 알려 주려고 했던 건지도 모른다. 방금 혜수와 더 가까워질 수 있는 기회를 놓쳤다는 생각이 들면서도 아무런 말이 나오지 않았다. 도대체 왜? 난 뭐가 두려운 거지? 혜수가 덕후인 날 낯설어할까 봐?

야자를 마치고 집으로 와서 곧바로 컴퓨터 앞에 앉았다. 혜수의 계정을 찾는 건 어렵지 않았다. 혜수의 메일 주소를 구글링 하자 트위터 계정이 나왔다.

'프로아나 계/h155 ugw38/먹토○씹뱉○'

혜수의 메인 트윗을 한참 바라보았다.

'프로아나 트친소. 같이 조일 트친 구해요.'

이미 서른한 명이 '마음'을 눌렀다. 이 사람들은 혜수의 친구가 되었을까? 혜수를 어디까지, 얼마나 알고 있을까?

프로아나, 먹토, 씹뱉, 키빼몸. 낯설지 않은 단어들이었다. 팔로잉 목록을 타고 여기저기 다니면서, 내 또래로 보이는 계정을 구경하다 보면 쉽게 볼 수 있는 말들이었다. 키에서 몸무게를 뺀 값이 120은 되어야 만족하는 '뼈말라인간', '개말라인간'이 되고자 하는. 자주 보이지만 그냥 그런 사람들인가 보다, 하고 지나치던 영역이었다. 거기에 혜수가 있었다.

이번에는 인스타그램에서 혜수의 아이디를 검색했다. 한혜수(17). 프로필에 다른 설명은 적혀 있지 않았다. 혜수의 인스

110

타 게시글은 교실 창문 너머로 노을 지는 하늘과 스터디 플래너를 찍은 사진 같은 것들이 전부였다. 혜수가 나에게 보여 주려던 공간은 아마 여기였겠지.

— 여름 되니까 죽고 싶다

— 하복에 팔뚝 살 보이는 거 진심 혐오스러워

혜수가 쓴 트윗마다 나는 알 수 없는 누군가들이 하트를 눌러 놓았다. 하트 옆 숫자들을 보는데 속이 자꾸만 울렁거렸다. 혜수가 무슨 말을 하든 들어 주고 동조해 주는 사람들. 이 공간에서만큼은 나와는 비교도 할 수 없을 만큼, 혜수와 잘 통하고 비슷한 사람들.

혜수가 그 멍한 얼굴로, 내가 무슨 말을 하면 항상 한 박자 늦게야 웃고 대답하는 그 얼굴로 저런 말을 썼다니. 믿기지 않았다.

나는 도망치듯 혜수의 SNS에서 빠져나왔다.

상담실에서 선생님을 만난 건 처음이었다. 선생님은 조금 놀라면서도 반가운 얼굴로 나를 맞았다. 선생님이 머그잔 두 개를 탁자에 내려놓았다. 거기엔 말린 귤피가 띄워져 있었다.

"친구랑 같이 오랬더니."

"아. 말 못 꺼냈어요."

선생님은 가만히, 나를 바라보기만 했다. 왜,라는 말을 아무 데나 꺼내면서 상대를 궁지로 몰아붙이는 어른이 있다면, 선생님은 그 말을 꼭 필요한 순간에만 내놓는 어른이겠지.

"그 친구 SNS 계정을 찾아냈어요. 친구가 저한테 말한 것도 아니고 아이디를 알려 준 것도 아닌데, 제가 맘대로 뒤져서요. 제가 먼저 팔로우를 했는데, 오늘 아침에 보니까 끊겨 있었어요."

"친구는 그게 너인 걸 알아?"

"아니요. 눈치 못 챌 거예요. 그게 저인지."

"……."

"저도 SNS로 하는 생활은 학교에서 티 안 내거든요. 학교 친구한테 그걸 들키는 것도 싫고. 사실 팔로우 할 생각으로 찾은 건 아니었어요. 근데 그 친구가 제 팔로우는 끊어 냈으면서, 거기서 다른 사람들이랑 아무렇지 않게 어울리는 걸 보니까 이상한 거 있죠. 우리는 이미 친구인데. 학교 안에서는 매일 같이 얘기하고, 매점도 가고, 급식도 먹는 사인데. SNS에선 친구가 될 수 없다니."

"정원아, 친구는 그게 너란 걸 모르잖아."

"그렇지만 그게 진짜 제 모습인데요."

"음. 정말 그렇게 생각해?"

"네."

나는 고개를 끄덕였다. 제가 가장 많이 생각하는 것들, 제 감정을 가장 많이 건드리는 것들은 거기 다 있으니까요.

"그런 데선 보통 관심사로 모이잖아요. 그 친구가 절 받아

들이지 않은 이유도 제가 자기랑 달라 보여서였을 테고요. 학교에서도 그래요. 좋아하는 게 같아야 금방 친해지고, 다르면 친해지기 어렵잖아요. 각자가 몰두하는 것들로 서로 구분 짓고 서열까지 만들어요. 뭘 좋아하는지, 취미랑 관심사가 뭔지, 그런 게 그 사람을 결정짓고 알려 준다고 생각해요."

"그래. 그렇게 생각할 수도 있겠다."

선생님이 담담하게 말했다. 내가 무슨 말을 해도 이해해 줄 것만 같은 눈이었다.

예비 종이 울렸다. 아직 차를 반도 마시지 못했는데. 교실로 돌아가 아무것도 모르는 척 혜수를 마주할 생각을 하니 숨이 막혔다.

"이제 가 볼게요."

"그래. 와 줘서 고마워. 정원이 네가 언제 올까, 여기에 오기는 할까 걱정이 좀 됐거든."

"왜요?"

"내가 좀, 풀어진 모습을 워낙 많이 보였잖아. 네가 날 상담사로 생각해 주지 않으면 어떡하나 했지. 그럼 안 되잖아. 상담실은 학교 안에서 누구나 올 수 있는 곳이어야 하는데."

"다음에 또 올게요."

"그래. 그리고 정원아, 친구 계정을 먼저 찾아낸 데는 이유가 있지 않았을까?"

"……."

"그걸 생각한다면 지금 느끼는 것만큼 어렵지 않은 문제일 수도 있지."

나는 내 마음을 가만히 들여다봤다. 혜수의 계정을 찾아내면서, 새벽까지 고민한 끝에 팔로우를 하면서 그렇게까지 심장이 쿵쿵 뛰었던 이유를.

선생님과 눈이 마주쳤다. 선생님은 이미 알고 있다는 듯, 나에게 미소 지었다.

♪

나현과 지은이 교실로 찾아왔다. 둘은 상기된 얼굴로 손부채질을 해 댔다. 운동장에서 교실로 돌아가는 길에 들른 모양이었다.

"체육이었어?"

"응. 뜀틀 죽어라 시키는 거 있지."

"뜀틀 너무 무서워. 우리 애들이 '아체대' 나갈 때 어떤 마음인지 알겠어."

나현이 넋 나간 얼굴로 말했다. 아체대는 명절마다 TV에서 방영하는 '아이돌 체육 대회'라는 예능 프로그램인데, 에이세븐은 보기와는 다르게 운동 신경이 없어서 매번 하위권에 머물렀다.

"월드 투어 공지 올라온 거 봤어?"

"이번에도 앙콘(앙코르 콘서트)까지 하겠지? 어차피 나는 못 가지만."

두 사람이 풀 죽은 표정을 지어 보였다.

"점심 먹고 매점 가서 아이스크림 먹자."

"좋아!"

지은과 나현은 그새 기운이 난 듯했다. 나 더위사냥 먹을 거야. 나는 초키초키! 나현은 초키초키, 초키초키, 흥얼거리기까지 했다. Y가 신날 때 하는 행동과 비슷했다. 자료실에서 처음 만난 날, 어색하게 굳은 얼굴로 나를 지켜보던 나현을 떠올리면 지금과는 사뭇 다른 사람처럼 느껴졌다. 그만큼 내가 편해졌고, 우리가 친해졌다는 뜻이겠지.

목요 독서회는 이제 S의 노잼 리스트에 없는 책들을 읽을 때가 더 많았지만, 우리의 주된 관심사는 여전히 에이세븐이었다.

만약 혜수가 이 자리에 함께 있다면 우리의 대화에 낄 수 있을까? 아체대, 앙콘, 이런 말들을 알아듣긴 할까? 혜수에겐 별로 재밌거나 궁금한 얘기가 아닐 거였다. 혜수가 트위터에서 사람들과 주고받는 말들이 나와는 관련 없는 세계라고 느껴지는 것처럼.

야자 시간에는 집중이 하나도 되지 않았다. 나는 가방에 내내 넣어 다니던 『투덜이 참새』를 꺼내 펼쳐 보았다.

12. 로맨틱 코미디

드라마는 좋아하지만 로코는 내 취향이 아니다. 반짝거리고 예쁜 포장지로 잘 감싸 놔도 막상 까 보면 그게 그거다. 주인공의 직업만 좀 달라질 뿐이다(근데 왜 다들 전문직인지?). 공감 능력을 상실한 까칠한 남자와 곧 죽어도 할 말은 해야 하는 당찬 여자가 만난다. 처음에는 아주 사소하고 유치한 이유로 서로를 싫어하다가, 우당탕 어떤 계기로 상대를 신경 쓰기 시작한다. 우주의 우연이 저기로만 모여드는 건지 기묘한 마주침과 엇갈림이 반복된다. 몇 번 오해도 하고, 그러다 화해하고, 결국엔 둘이 이어진다. 한 주는 참을 수 있다. 3회차가 되면 이런 생각이 든다. 내가 왜 이걸 보고 있어야 하지? 기본적으로 남의 사랑 얘기는 궁금하지 않다. 만난 지 얼마 되지도 않았으면서 세기의 사랑이라도 되는 줄 아는 건지. 별안간 절절하고 애틋해 죽는 남의 연애 감정에는 공감이 불가능하다. 공감 불가! 어디 가서 이런 말을 하면 사이코패스 소리를 들으려나.

14. 탕수육

사회생활을 하다 보면 안 친한 사람들과도 식사를 해야 한다. 함께 식사하는 사람들이 중국집에 주문을 하면서 탕수육이라도 하나 끼워 넣으면 벌써부터 피곤해진다. 탕수육 자체가 싫은 것과는 다르다. '부먹'이네, '찍먹'이네, 한 끼 식사에도 편을 가르고 언성을 높이면서 주접을 떠는 게 꼴 보기 싫은 거다. 민트초코 논쟁도 비슷한 이유로 지겹다. 누가 '민초단'이든 아니든 그게 어쨌단 말인가. 그게 그 사람에 대해서 도대체 무엇을 더 설명해 준다는 거지?

내가 그동안 봐 온 에세이는 글쓴이의 일기 같았는데, 『투덜이 참새』는 사전에 더 가까웠다. 자기가 용서하고 이해할 수 없는 것들, 불평하고 투덜거리게 만드는 것들을 모아 놓은 사전. 목차를 보니 항목이 무려, 54개나 되었다.

"『투덜이 참새』? 제목 되게 특이하다."

고개를 드니 혜수가 앞에 와 있다.

"정원이 너는 책을 정말 많이 읽는구나."

"아, 그냥. 공부하기 싫어서."

"음료수 뽑으러 갈래?"

『투덜이 참새』에 빠져 종이 울리는 줄도 몰랐는데, 쉬는 시간인 모양이었다. 혜수를 따라 교실을 나섰다. 자판기까지 걸어가는 길이 길게만 느껴졌다.

"뭐 마실래?"

"난 오렌지주스."

혜수가 오렌지주스를 뽑아 내게 건넸다. 그러고는 고심하듯 가만히 멈춰 있었다. 자판기 불빛을 받은 혜수의 옆얼굴은 많이 고단해 보였다. 고작 음료수 한 캔으로 허기를 달래려는 걸까? 어떤 음료수가 가장 칼로리가 낮은지 고민하는 걸까?

한참 머뭇대던 혜수는 이온 음료를 골랐다. 우리는 자판기 옆 벤치를 지나며 아무 말도 하지 않았다. 여름 밤공기치고는 선선하고 고요했다. 이렇게 지나치는 게 아까울 정도였다.

넌 탕수육 부먹이야, 찍먹이야?

너도 민초단이야?

『투덜이 참새』를 읽다 나와서 그런가, 하필 이런 것만 떠올랐다. 혜수는 생각에 잠겼는지 내내 말이 없었다. 우리는 1층 입구로 들어섰다. 입구에서 계단으로 이어지는 길 중간에는 '효선여자고등학교 10회 졸업생 증'이라는 문구가 적힌 커다란 전신 거울이 있다.

혜수가 그 앞에 멈춰 섰다.

"정원아."

"응?"

"네 눈에도 내가 저렇게 보여?"

나에게 묻고 있었지만, 혜수의 시선은 거울 속 자기를 바라보는 자신에게서 벗어나질 않았다.

"네 눈으로 봤을 때랑 저기 거울에 비친 나랑 같냐고."

"아."

"……."

거울 속 혜수가 고개를 돌렸다. 옆에 선 나를 바라보는 듯했다.

"잘 모르겠어."

나는 거울 속 혜수를 보며 말했다.

내 옆에 서 있는 진짜 혜수를 바라보기가 어려웠다. 거울 속에서 혜수는 아주 잠깐, 울 것 같은 표정으로 변했다가 원래의 얼굴로 돌아왔다. 혜수의 눈엔 지금 자기 모습이 어떻게 보이는 걸까? 내가 바라보는 거울 속 혜수와, 혜수의 눈에 비친 거울 속 자신은 다를지도 모른다. 그래서 어떤 대답도 할 수 없었다.

집으로 돌아와 트위터 계정을 하나 더 만들었다. 프로필 자기소개란에 프로아나 계정이라고 써 놓고, 프로아나를 검색해서 나오는 계정들을 팔로우 했다.

이걸로 될까?

아냐, 이거면 됐지. 내 정체성과 관심사를 꾸며 내는 게 이렇게까지 간단하고 쉬운 일이라니.

혜수의 트위터에 들어갔다. 친구를 구한다는 글에 '마음'을 눌렀다. 하트 옆 숫자는 이제 32가 되었다.

상담실에서 선생님과 나눴던 대화가 맴돌았다. 에이세븐 덕후라는 사실을 들켜도 된다는 각오까지 하면서 혜수를 팔로우 한 이유는 분명했다. 난 혜수가 궁금했고, 알아야 했고, 더 가까워지고 싶었다. 아무것도 하지 못한 채, 아무것도 모른 채 친구와 또 멀어지기는 싫었다.

　차분히 숨을 골랐다. 지난번엔 심장이 터질 듯 뛰었는데, 지금은 오히려 고요했다. 이건 혜수를 속이는 일이 아닐까? 하지만 다른 방법이 없잖아. 다른 애들이라면 어떻게 했을까? 주원이라면. 여레라면. 지은이나 나현이라면? 친구들의 얼굴이 스쳤다. 그 순간, 망설임은 사라졌다.

　나는 다시, 혜수의 계정을 팔로우 했다.

3부

일 만
번 의
개 화

♪

　방학이 가까워지자 수업은 대부분 자습이었다. 교실은 소란했다. 이번 방학 때 뭘 할지 계획하며 들뜬 아이들, 이미 다음 학기 공부를 시작한 아이들, 시험이 끝나 번아웃이라도 왔는지 책상에 엎드려 잠만 자는 아이들. 나는 어디에도 속할 수 없었다.

　혜수가 나와 맞팔을 해 주었다. 내가 고1이라고 하자, 혜수는 반가워하더니 곧장 친근하게 대했다.

넌 목표가 뭐야?

무슨 목표?

몇 킬로까지 빼고 싶냐고

아아. 지금에서 한 5킬로?

나는 아무렇게나 뱉고 보았다.

나랑 비슷하다

어느 지점까진 빠지다가 그 이후론 죽어도 안 되는 구간이 있지 않아?

난 45가 그랬어

45도 충분히 말랐는데

실제로 보면 그런 소리 안 나올걸?

혜수가 사진을 첨부했다. 전신 거울 앞에 서서 찍은 사진이었다. 폰을 든 손에 가려 얼굴은 나오지 않았지만, 아는 사람이 본다면 혜수라는 걸 충분히 알아챌 만했다. 혜수가 이렇게나 경계가 없는 애였나?

충분히 말랐어

사진이 그렇게 나왔나 봐. 실제로는 안 그래

근데 너도 시험 끝났댔지

방학은 언제부터야?

다음 주부터

우리랑 똑같네?

방학은 좋은데… 집에 있으면 먹을 거 찾게 되더라

진심 하루 종일 음식 생각밖에 안 해

힘들겠다

어떻게 해야 할까?

얼른 살을 빼야지

원하는 몸이 되면 행복해질 거야

그때까지만 같이 조이면서 고생하자

행복,이라는 단어가 눈에 들어왔다. 혜수의 행복은 도대체 어떤 모양일까.

교실에서의 혜수는 엎드려 잠만 자지만, 트위터에서는 내가 먼저 묻지 않아도 아무 거리낌 없이 자기 얘기를 꺼냈다. 행복이라니. 학교에서 대화할 때는 한 번도 등장한 적 없는 단어였다. 행복, 꿈, 비밀, 두려움. 그런 무게를 지닌 단어들.

프로아나인 척하며 혜수와 대화를 하다 보니 알 수 있었다. 매번 음식을 앞에 두고 머뭇거릴 때 무슨 생각을 하는지. 지금 혜수에겐 나와 주원이 같은 학교 친구들이 별로 중요하지 않은 건지도 몰랐다. 혜수의 중심은 온통, 음식에 맞춰져 있는 듯했다. 적어도 트위터 속 혜수는 그래 보였다.

하지만 그걸 잘못됐다고 말할 수 있을까? 막상 나도 에이세 븐이 이 세상에서 가장 크고 중요하다고 느끼는 순간들이 있 는데.

혜수와 내가 별반 다르지 않다고 생각하기로 했다. 그래야 혜수를 조금이라도 더 이해할 수 있을 테니까. 그래야만 내가 혜수에게 상처받거나 서운해하지 않을 수 있으니까.

♩

방학식을 마치고, 나는 독서 모임의 세 사람을 쿠쿠 책방으 로 데려갔다.

"여기가 네가 말한 데구나."

"되게 예쁘다."

"고양이들은 놀러 갔나? 보고 싶었는데!"

지은, 나현, 여레가 한마디씩 했다. 다들 한껏 들떠 보였다.

마당을 지나 건물 안으로 들어서자, 까만 강아지가 다가와 쿵쿵거리며 우리를 맞이했다.

"너 쿠몽이지? 아이, 예뻐라!"

여레가 자세를 낮춰 조심스럽게 손을 내밀자, 코를 들이밀 고 쿵쿵대던 쿠몽이가 손을 할짝거리기 시작했다.

처음 보는 젊은 아저씨가 걸어 나왔다. 내가 물었다.

"저, 사장님은 어디 가셨어요?"

"내가 사장인데."

"지난번엔 여자분이 계셨는데."

"응. 잠깐 친구 만나러 갔어. 네가 정원이구나? 반갑다!"

앞치마를 둘러맨 이 아저씨가 혹시 고래 덕후? 고래를 좋아하는 사람이 꼭 어떻게 생겨야 하는 건 아니지만, 그래도 아저씨에게선 별로 고래가 연상되지 않았다.

우리는 가장 큰 테이블에 자리를 잡았다.

셋은 가방을 내려놓자마자 잽싸게 일어나 책방 구경에 나섰다. 나보다 훨씬 더 흥미로워하며 여기저기를 둘러보았다.

이곳저곳 보면서도 각자가 오래 머무르는 곳이 달랐다. 모두가 소설책을 좋아한다고만 생각했는데, 관심 있어 하는 것들이 조금씩 다르다는 사실이 새삼스러웠다.

세 사람이 자리로 돌아올 즈음 아저씨가 음료를 내왔다.

"너희 고1이라며? 그럼 열일곱? 혹시 닭띠야? 나랑 띠동갑이네!"

아저씨는 반가워하는 얼굴로 옆 테이블 의자를 가져와 앉았다.

"아저씨 스물아홉이에요?"

"리더랑 동갑이네?"

지은의 말에 나현이 끼어들었다.

"리더가 누구야? 너희 무슨 팀도 있어? 아, 혹시 아이돌?"

헙, 나는 숨을 들이마셨지만 애들은 서로 장난스럽게 웃기만 했다.

"누구야? 말해 봐, 웬만한 아이돌은 나도 알아."

"힌트 줄게요. 일곱 명!"

여레가 신나서 외쳤다.

아저씨는 잠시 뜸을 들인 후에 에이세븐보다 인기가 조금, 아주 조금 더 많은 모 그룹의 이름을 외쳤다.

"땡! 틀렸어요."

"에이. 어느 프로그램 나왔어? 힌트 좀 더 줘."

카운터 쪽에서 벨 소리가 울렸다. 일곱 명, 리더가 스물아홉, 게임 끝이네. 아저씨는 자신 있다는 듯 중얼거리더니 카운터로 나갔다.

"에이세븐을 모르는 건 아니겠지?"

"그건 좀 슬픈데."

지은의 말에 나현이 울상을 지었다. 그러다 지은이 좋은 생각을 떠올렸다.

"힌트로 노래 하나 들려줄까?"

"대신 3초만 들려주자!"

여레가 또 신이 나서 외쳤다.

"아냐. 1초!"

나현의 말에 지은이 킥킥대며 음원 스트리밍 앱을 켰다. 어떤 노래를 들려줘야 가장 헷갈릴까, 셋은 쉴 새 없이 떠들어댔다. 나는 세 사람과 고래 덕후 아저씨가 원래 알던 사이처럼 자연스럽게 대화를 하는 게 신기했다.

"방학하니까 좋다. 맨날 이렇게 놀고 싶어."

나현이 말했다. 세 사람의 표정은 모두, 편안해 보였다. 나는 문득 궁금해졌다.

"······너흰 어떨 때 행복해?"

갑자기 답하기엔 너무 진지하고 어려운 질문 아닐까? 하지만 내 예상과는 달리 대답이 바로 툭툭 튀어나왔다.

"나는 우리 집 고양이가 밥 먹는 소리 들을 때! 사료 씹을 때 아득아득 하는데 진짜 귀여워. 뭐 하다가도 그 소리 들리면 멈추고 그거만 듣고 있어."

들려줄까? 찍어 놓은 거 많아. 지은이 휴대폰 앨범을 뒤적거렸다. 갑자기 저렇게 벅차오르다니. 덕후들에게서 흔히 볼수 있는 모습이라 픽 웃음이 났다.

"나는 엄마가 마트 갔다 와서 냉장고에 내가 좋아하는 초코 아이스크림을 가득 채워 놨을 때!"

나현이 말하자 좋다, 좋다, 아이들이 맞장구쳤다.

"정원이 넌?"

여레가 물었다. 아이들의 시선이 일제히 나에게로 향했다.

나는 언제 행복하지? 행복이라는 건 뭐지? 즐겁고 기쁠 때야 있지만, 거기에 행복이라는 말을 갖다 붙여도 될지 조금 망설여졌다. 물론 에이세븐을 볼 때 가장 재밌고 즐겁지만 이렇게 친구들과 얘기하는 시간도 좋았다. 난 그냥, 너희랑 에이세븐 얘기하고 책 얘기할 때가 즐거워. 이렇게 말하면 셋은 어떤 반응일까?

"나는, 야자 시작하기 전에 잔디 운동장 걸을 때."

"아, 맞아! 아이스크림 먹으면서."

"그땐 시간이 멈췄으면 좋겠어."

나현과 지은이 한마디씩 보탰다.

"여기 되게 좋다. 책도 많고. 우리 매번 여기서 모일래?"

여레가 말했다. 방학에도 모인다고? 심지어 여긴 우리 집에선 가까워도 세 사람의 동네에선 버스를 타고 한참 와야 하는 곳이었다.

"난 찬성!"

"나도!"

지은과 나현이 손을 번쩍 들었다.

"……방학에도 만나는 거야?"

"응. 당연하지!"

나와 눈이 마주치자 여레가 천천히 미소 지었다. 짧은 순간, 여레가 나를 아주 깊이 들여다봤다고 생각했다.

오늘은 시험이 끝나고 처음 가지는 독서 모임이었다. 가장 열띤 토론 주제는 이거였다. 카라마조프가의 삼 형제 중, 누가 제일 잘생겼을까.

"난 둘째. 이름부터 멋지잖아. 되게 냉철하고 지적이게 잘

생겼을 것 같아."

"헐. 나는 막내라고 생각했는데. 왜냐면 제일 어리잖아!"

나현과 여레가 앞다퉈 말했다.

"그런가? 암튼 첫째는 아냐."

"맞아. 나도 드미트리는 별로."

"정원이 네 생각은 어때?"

지은이 물었다.

"난 아직 그 책은 안 읽어서. 잘 모르겠어."

"괜찮아. 나도 잘 몰라."

"나도 앞에 조금만 읽고 그냥 아무 말이나 하는 거야!"

뭐야? 진지하게 듣고 있던 지은이 황당하다는 표정을 지었다. 우린 동시에 웃음을 터뜨렸다.

나는 이 셋과 쿠쿠 책방에 아주 예전부터 자주 온 것만 같은 기분이 들었다. 혜수를 여기에 데려올 수 있을까? 아까 종례를 마치고 교실 문을 나서기 전, 우리는 짧게 인사를 나누었다. 안녕, 방학 잘 보내. 그 말밖에는 할 수 있는 말이 없었다. 트위터에서라면 더 많은 이야기를 할 수 있었겠지. 혜수가 트위터의 나를 더 편해한다는 생각이 들 때마다 속에서 뜨거운 게 울컥 차올랐다. 마음속에서 누군가 나에게 말하는 듯했다.

너도 그랬잖아. 누구보다 달이에게 의지했지.

나는 아무것도 들리지 않는 척, 입술을 깨물었다.

♪

　나는 소민 언니에게 전화를 걸어 만나자고 했다. 엄마가 떠밀 때는 고개를 저었는데, 만날 친구들이 생긴 지금은 오히려 자주 만나지 않는 사람에게 묻고 싶은 게 생겼다. 소민 언니는 바로 옆 아파트 단지에 살아서 금방 볼 수 있었다.

　"정원아, 너 키 좀 컸다?"

　"정말? 재 보진 않아서 모르겠어."

　"조금 있으면 네 언니 따라잡겠다."

　소민 언니와 나는 벤치에 앉았다. 우리는 아이스크림을 먹으며 사람들을 구경했다.

　매미가 찌르르, 울었다. 어릴 땐 매미가 맴맴, 운다고 생각했다. 문득, 전에도 소민 언니와 이렇게 둘이 앉아 매미 소리를 같이 들었던 기억이 떠올랐다. 아무리 들어도 찌르르인데 그땐 왜 맴맴으로 들렸던 거지?

　"학교는 어때? 친구는 좀 사귀었어?"

　"아, 응."

　"어떤데?"

　"다들 재밌어. 착하고."

　"다들? 몇 명이길래?"

　언니는 나보다 더 신난 목소리였다. 셋이라고 할까, 다섯이라고 해야 하나. 나는 머뭇거렸다.

"나 근데 좀 꼰대 같았어?"

"아니. 왜?"

"어른들이 잘 그런다며. 몇 등, 몇 명, 얼마, 이런 숫자만 물어 대는 거지."

암튼 재밌고 착하면 됐어. 언니가 유쾌하게 결론지었다.

소민 언니와 나는 오랜만에 만난 친구답게 밀린 대화를 나누었다. 언니는 요즘 전공과는 관련이 없는 그림 공부에 빠져 있고, 낮에 반려견 아롬, 다롬을 돌봐 주기 위해 휴학을 했다고 했다. 남들은 설마, 다른 이유가 더 있겠지, 하는 반응이라고. 하지만 나는 소민 언니라면 충분히 그럴 수 있다고, 내가 비슷한 상황이어도 그랬을 거라고 생각했다.

"친구들이 책을 엄청 좋아해. 책 얘기도 자주 하고, 서로 추천도 해 줘."

"오. 멋진데?"

"언니, 있잖아."

"응?"

"에이세븐 알아?"

"알지. 아이돌 아냐?"

"나 에이세븐 팬이야."

나는 오래 참고 있던 숨을 뱉어 내듯 말했다.

"그렇구나, 나도 에이세븐이나 좋아할까."

너 먹고 있는 과자 맛있어 보인다, 나도 사 먹을까. 방금 소민 언니는 고작 그런 말을 하는 사람처럼 보였다. 긴장이 탁 풀렸다. 에이세븐을 좋아한다고, 누구 앞에서든 말하고 싶었다. 그 첫 번째를 소민 언니로 정한 건 정말 다행이었다.

"덕질 재밌잖아. 나는 거기 막내가 귀엽던데. 정원이 넌 누굴 제일 좋아해? 최애가 겹치면 좀 그런가?"

"진심이야?"

"근데 난 김제욱 배우 좋아해."

소민 언니가 휴대폰 화면을 나에게 보여 주었다.

"내가 그린 거야."

"잘 그렸다! 근데 배우에서 아이돌로 갈아타려고?"

"둘 다 좋아하면 되지. 이번에 영화 들어간 거 내후년에나 나오거든. 그동안은 할 게 없잖아. 심심해서 그래."

"심심해서 하는 입덕이 어딨어?"

언니는 대답 없이 씩 웃기만 했다. 하긴, 사실 심심하니까 덕질을 하는 건지도 모른다.

"얘네 인기 많네? 내 동기 중에도 얘네 팬 있어."

"암튼, 우리 언니한테는 말하지 마."

"정현이는 몰라? 알겠어!"

"언니도 덕질 얘기는 안 하는 게 좋을걸. 우리 언니는 이런 데 관심 없어."

"뭐, 어때. 괜찮아."

소민 언니는 폰으로 에이세븐을 검색해 보기 시작했다. 포털 사이트에 뜬 이미지를 한참 넘겨 보더니 유튜브를 켰다. 화면을 스크롤 하는 손이 빨라졌다. 나는 아주 공들여서 완성한 과제를 검사 맡는 사람처럼 심장이 두근거렸다. 덕질을 시작하겠다는 말보다, 언니가 에이세븐을 궁금해한다는 사실이 훨씬 더 반가웠다.

왜 좋아하는 대상을 얘기하는 건 벅차고 설레는 일일까? 그들에 대해서라면, 나는 밤새워 떠들 자신이 있었다. 나 에이세븐 팬이야, 그 말을 꺼내 놓자 멤버들과도 조금 더 가까워진 느낌이었다. 아, 이런 기분이구나.

내가 에이세븐이 아니라 다른 아이돌 그룹의 이름을 말했더라도 소민 언니는 아마 똑같이 반응했겠지. 달이가 나에게 네가 좋아하는 것들은 나도 다 좋아한다고 말했던 것처럼.

"애네 자컨 시리즈가 몇 개야? 다 보려면 며칠 걸리겠다!"

"웃긴 포인트만 편집해 놓은 영상 많아. 그거 봐."

"난 그런 거 못 해. 클립 영상만 보고 드라마 한 편 봤다고 하는 거나 마찬가지잖아. 그게 무슨 재미지?"

"와, 맞아. 나도 그래."

"순서 섞어서 보는 것도 절대 안 돼. 시즌2가 더 재미있다고 해도, 시즌1 보기 전엔 절대 안 봐."

언니는 진지해 보였다. 나는 그 말을 충분히 이해할 수 있었다. 좋아하는 대상을 알아 가는 것만큼은 간편하고 빠른 방법을 찾지 않고 온전하게 대하고 싶은 마음. 작은 것도 놓치기 싫은 마음. 그게 덕후들의 마음 아닐까?

♪

　이번 독서 모임도 쿠쿠 책방에서 열렸다.
　"어제 엄마랑 대청소했거든. 서랍 정리하는데 이게 나오는 거 있지."
　나현이 가방에서 노트를 한 권 꺼냈다.
　"버릴까 하다가, 너희한테 보여 주려고 일단 가져왔어."
　나현은 평소와는 매우 다른, 어쩐지 비장하기까지 한 표정이었다.
　"읽고 놀리지 마."
　"뭔데 그래?"
　"내가 중1 때 쓴 거야."
　직접 썼다고? 여레가 흥미롭다는 표정으로 노트를 펼쳤다. 우리는 머리를 맞대고 노트를 함께 읽었다. 아주 잘 아는 이름들이 나오는 이야기였다.
　배경은 어느 고등학교다. 교복을 입은 S와 J가 나온다. 어느 날, S가 말도 없이 사라져 학교에 나오지 않는다. S는 유명한 '문제아'라서, 모든 학생들은 술렁거린다. 다들 J에게 가서 S의 행방을 묻는다. 그 이유는 무려, J와 S가 형제이기 때문이다! 둘은 성씨가 다른데? 알고 보니 둘은 부모님의 재혼으로 형제가 된 사이였다. 흠, 그렇다면 가능하지.

S를 신경 쓰지 않는 척하며 시큰둥하게 수업을 듣던 J에게, 갑자기 S가 찾아온다. S는 J에게 어디 좀 가자고 하고, J가 싫다고 하자 S는 '닥치고 얼른 따라오라고' 한다. 할 수 없이 J는 S를 따라나서고, 둘은 어디론가 향하면서 1편이 끝난다. 다음 쪽엔 아무것도 없었다.

"다음 편은? 얼른 줘!"

여레가 외쳤다.

"1편밖에 안 썼어."

이게 끝이라고? 나는 아직 궁금한 게 많았다.

"어디로 가는 거야? 얘네 둘은 왜 사이가 안 좋은 거야?"

"나도 몰라. 안 정하고 그냥 쓴 거야."

"그러면 2편을 쓰면서 정하면 돼."

지은이 명쾌하게 정리했다.

"뭘 그렇게 재밌게 봐?"

"으악!"

갑자기 등장한 사장 언니의 목소리에, 나현이 경악하며 노트를 잽싸게 숨겼다.

"되게 재밌어 보인다. 나도 껴 주면 안 돼?"

"아무것도 아니에요!"

사장 언니는 웃으면서 빙수 그릇을 내려놓았다. 눈처럼 쌓인 얼음 위에 먹기 좋게 자른 멜론과 아이스크림이 올려져 있었다.

나현의 팬픽 〈패륜아〉가 쏘아 올린 공은 우리가 여태 읽었던 팬픽들에 대한 수다로 이어졌다. 즐겨 보는 정도까지는 아니지만, 팬덤 안에서 자주 언급되는 명작이나 고전은 다들 잘 알고 있었다.

"아. 거기서 마지막에, K가 희생하고 끝나잖아. 나 그거 보고 한동안 K만 보면 심장이 너무 먹먹했어."

나현의 말에 지은이 맞장구쳤다.

"맞아. 거기 캐릭터가 K한테 찰떡이야."

맞아, 맞아. 우리는 너나 할 것 없이 감격한 표정으로 고개를 끄덕거렸다. 빙수를 다 먹어 갈 때쯤, 여레가 한마디 툭 던졌다.

"우리도 써 볼래? 멤버들 나오는 팬픽 말이야!"

뭐? 팬픽계의 유명 작가 중에 학생도 있다는 풍문을 듣긴 했지만, 직접 써 보고 싶다는 생각을 한 적은 없었다. 지은도 자신 없다는 표정을 짓는데, 나현만 여레의 말에 두 눈을 반짝였다.

"짧게라도 써 보자. 새로운 이야기를 만들어도 되고, 원래 알던 이야기를 이어서 써도 되고!"

"재밌겠다!"

"그럼 우리 다음 모임 때까지 각자 단편 하나씩 써 오기!"

"그래!"

나현만 답했다.

"아, 필수는 아냐. 하고 싶은 사람만!"

여레가 근심이 가득한 내 표정을 읽었는지 웃으며 덧붙였다. 겨우 며칠 만에? 한 편은커녕 노트 한 장도 채울 자신이 없었다. 나는 안 쓸 거야, 지은이 옆에서 소리를 낮춰 말했다. 동지가 있어 다행이었다.

나현과 여레는 그다음 모임에 정말 팬픽을 써 왔다. 둘 다 약속이라도 한 것처럼 완결된 단편이 아니라 길게 이어지는 이야기의 1편을 써 왔다.

나현은 〈패륜아〉 같은 어두운 이야기는 이제 싫다며, 대학생인 멤버들이 한집에서 왁자지껄 어울려 사는 유쾌한 이야기를 써 왔다. 내가 알고 있는 멤버들의 모습에서 가장 매끌매끌하고 편안한 부분, 소박하고 천진한 부분들만 뽑아내서 이런 인물들을 만든다는 게 놀라웠다.

여레가 쓴 이야기의 배경은 디스토피아였다. 멤버들은 어느 낡은 건물에 숨어 살면서, 정체를 숨긴 채 비밀 임무를 수행했다. 출구도, 한 줄기 빛도 보이지 않는 상황에서도 무언가를 지켜 내려고 애쓰는 모습이어서일까. 다 읽고 나니 묘하게 슬퍼졌다. 배경을 묘사하는 단어 하나, 표현 하나도 허투루 넘기기 싫었다. 숨이 막힐 듯한 분위기와 습한 더위가 함께 그려지면서 나도 거기에 가 있는 듯했다.

깊게 보는 이야기와 넓게 보는 이야기, 두 가지 모두가 좋았다.

"뭐야. 너무 재밌잖아."

내가 감탄하자, 나현이 물었다.

"너희는 안 썼어?"

"나는 그냥 너희가 써 오는 거 재밌게 읽을래."

여레가 나현을 바라보았다.

"그럼, 계속할까?"

잠깐 머뭇거리던 나현이 웃으며 고개를 끄덕였다. 수줍은 것 같기도 하고, 들뜬 것 같기도 했다. 그런 나현의 얼굴이 보기 좋았다. 여레도 나와 비슷하게 느낀 모양이었다. 내가 합류하기 전, 세 사람의 독서 모임이 어떻게 시작되었을지 머릿속에 조금 그려졌다.

우리는 창가 테이블로 자리를 옮겼다. 처음 보는 강아지가 있었다. 아직 아기인지 몸집이 정말 작은 데다, 백설기처럼 흰 몸에 귀만 연한 찰보리빵색이었다. 며칠 전에 구조되어서 입양을 기다리는 동안 사장 언니와 아저씨가 돌봐 주고 있다고 했다.

"근데 너희, 이쪽은 언니라고 하면서 나는 왜 아저씨야?"

"그냥요!"

"얘도 아저씨라고 부를 거야? 나랑 동갑이라며?"

아저씨가 휴대폰을 들어 보였다. 포털 사이트 화면에 S의 프로필이 떠 있었다. 어떻게 찾았어요? 에이, 리더는 리더고 아저씨는 아저씨죠. 애들이 김샌 표정으로 투덜거렸다.

"누구 말하는 거야?"

"아이돌인데 누군지 알아? 얘들이 좋아한대!"

"아아, 에이세븐?"

사장 언니도 에이세븐을 아는구나. 조금 쑥스러운 기분과 함께, 그래도 에이세븐을 알아봐 주니 반갑고 좋았다.

잠시 뒤, 책방 안에는 에이세븐의 노래가 울려 퍼졌다.

"너희 올 때마다 틀어 줄게!"

사장 언니와 아저씨가 카운터에서 즐겁다는 듯 웃었다. 아는 멜로디에는 몸이 먼저 반응한다. 우리는 신나게 노래를 흥얼거리며, 쿠몽이와 강아지가 노는 모습을 지켜보았다.

♪

오랜만에 트위터에 접속했다.

가장 먼저 쪽지 탭을 열었다. 새 메시지는 없었다.

에이세븐을 검색했다. 타임라인에선 곧 있을 콘서트 얘기로 떠들썩했다. 티켓팅 후기, 콘서트 화환을 위한 모금, 굿즈 무료 나눔 공지들……. 콘서트 바로 3일 후에 전국연합학력평가가 있었다. 다들 콘서트에 가는 건 무리라고 생각하는 걸까? 독서 모임 아이들과의 대화창에서는 아무도 콘서트 얘기를 꺼내거나, 가고 싶다는 하소연조차 하지 않았다.

다른 계정으로 로그인했다. 이번에는 프로아나를 검색했다. 인간의 신체를 부자연스럽게 길게 늘여 놓은 사진들, 나비 모양의 알약, 탁 건드리기만 해도 불꽃이 일어 활활 타 버릴 것처럼 메마르고 곤두서 있는 언어들. 그런 것들을 보고 있다 보면 나도 덩달아 온몸에 힘이 빠지고 식욕이 사라졌다.

나는 어제 혜수와 주고받은 메시지를 다시 읽어 보았다.

> 방학 끝나면 급식 먹을 생각하니까 벌써 스트레스야

> 사람 많은 데서 밥 먹는 거 너무 싫지 않아?

아

혼자 먹는 게 편하고 좋긴 하지

> 친구들이랑 약속 잡는 것도 스트레스야

왜?

> 넌 안 그래?

> 밥이든 디저트든 무조건 뭘 먹으러 가야 하잖아

아아

그렇긴 하지

혜수와 트위터에서 대화할 때면 가면을 쓴 기분이었다. 어떻게 해야 프로아나처럼 보일까, 어떻게 해야 나라는 걸 들키지 않을까.

> 아님 친구들한테 말하는 건 어때

> 좀 그런가?

넌 말해? 프아라고?

> 말한 적은 없어

> 친한 친구한텐 괜찮지 않을까?

ㅋㅋㅋ

걔넨 프아가 뭔지도 모를걸

　대화는 거기서 멈춰 있었다. 다시 읽어도 뭐라고 답해야 좋을지 떠오르지 않았다. 아무리 프로아나인 척, 혜수의 말에 무조건 동조하는 척을 하려고 해도 한마디도 쓸 수 없었다.

　저게 진짜 혜수의 생각일까?

　친해지고 싶어 시작한 일인데, 오히려 혜수와 나 사이에 벽만 실감하게 되는 것 같았다. 혜수에게 나는 그저 같이 급식을 먹는 친구, 그러니까 '먹는다'는 불편하고 내키지 않는 행위를 같이해야 하는 상대, 뭐 그런 의미일까?

　중간고사를 앞두고 시험이 끝나면 맛있는 걸 먹으러 가자고 했을 때 혜수가 왜 뜸들였는지 이제야 알 것 같았다. 어쩌

면, 시험이 끝나고 말도 없이 사라진 이유도, 일부러······. 아
냐, 그것까진 아닐 거야. 더 생각하지 말자.

복잡한 기분이 되어 휴대폰 화면을 껐다. 에이세븐, 프로아
나. 무엇을 검색해도 마음에 들지 않았다. 방금 본 화면 속에
선 수십 명이 떠들고 있었지만 지금은 누구와도 대화하고 싶
지 않았다.

독서 모임 애들은 뭘 하고 있을까? 셋 중 누굴 불러도, 내가
와 달라고 한다면 버스를 타고 바로 와 줄 거다. 세 사람의 동
네에서 우리 집까지는, 정류장 열여섯 개를 지나야 올 수 있
다. 하지만 그건 그냥 물리적인 거리일 뿐이다. 전화 한 통이
면, 그 애들의 목소리를 들으며 얼마든지 대화할 수 있다.

더 가까운 곳에는 누가 있지? 전화를 끊고 5분이면 나올 수
있는 소민 언니, 연락처는 모르지만 어쩌면 아파트 단지 안을
배회하다가 우연히 만날 수도 있는 상담 선생님. 언제 찾아가
도 늘 문이 열려 있는 쿠쿠 책방.

여섯 아니, 사장 언니와 함께 있을 아저씨까지 더하면 일곱
이었다. 그냥 혼자 가늠해 보는 것만으로도 이렇게 많은 사람
이 바로 떠오른다는 게 신기했다. 내 주위에 언제 이렇게 사
람들이 많아진 거지?

골목으로 들어서자, 저 멀리 책방 마당에서 소란스러운 소
리와 함께 허공으로 물줄기가 솟아오르고 있었다. 뭔가 굉장

144

한 일이 벌어지고 있구나. 나도 모르게 발걸음이 빨라졌다.

"어? 정원이! 잘 왔어! 와서 저거 좀 풀어 줘!"

아저씨가 마당 한가운데서 기다란 호스를 들고 외쳤다. 저 손님인데요? 하지만 아저씨 뒤쪽으로 가서 호스가 꼬이지 않도록 천천히 릴을 풀었다.

촤아악! 시원한 물줄기가 마당 잔디 위로 흩뿌려졌다. 쾌청한 날에 잠깐 내리는, 입자가 아주 곱고 가느다란 빗줄기 같았다.

"꼭 보슬비 같지?"

"이슬비 아닌가요?"

"아냐! 이런 건 보슬비야!"

못 믿겠어요, 나는 고개를 저었다.

"나 이래 봬도 이과 출신이야!"

아저씨가 의기양양하게 외쳤다. 비의 이름을 아는 건 이과의 영역일까, 문과의 영역일까. 그런 생각을 하면서 호스 끝에서 시원하게 뿜어 나오는 물줄기를 구경했다.

아저씨가 만들어 낸 비가 그치고, 나는 사장 언니와 함께 창가 자리에 앉았다. 밖을 구경하며 얼음이 가득 띄워진 오미자에이드를 한 입 들이켰다.

"강아지 이름은 콩이로 정한 거예요?"

"응. 콩만 한 게, 콩알만 한 게, 하다가 콩이로 지었어."

"쿵이라고 해야 하는 거 아닌가."

쿠쿠 책방이라? 사장 언니가 푸하하 웃었다. 실없는 소리에 저렇게 즐거워해 주다니, 기분이 한결 나아졌다.

며칠 전, 인스타그램에서 책방 계정을 찾아보았다. 책방 외관이나 내부 곳곳을 찍은 홍보용 사진보다 마당의 고양이들을 찍은 사진이 더 많았다. 가장 최근 게시물에는 콩이 사진과 함께 사지 말고 입양하세요, 하는 문구가 적혀 있었다. '좋아요'는 276개. 내 계정은 비공개라 어디에도 흔적을 남긴 적이 없지만, 나도 하트를 눌렀다.

콩이 이전에도 쿠쿠 책방에 머물다 간 유기견들이 많다고 했다. 다행히 입양을 가지 못한 아이는 없어 보였다. 사장 언니와 아저씨는 가끔 책방 문을 일찍 닫고 구조나 봉사 활동을 하러 갔다.

팔로잉 목록에는 유기 동물 보호소와 구조자, 구조 단체들, 여러 동물 보호 단체들…… 그리고 정말 난데없이 에이세븐 멤버들이 끼어 있었다.

"책방에서 멤버들 팔로우 한 거 봤어요."

"아아, 봤어? 언제든 인성시 오게 되면 여기도 들러 달라는 뜻으로 어필을 좀 했지."

사장 언니는 즐거워 보였다. 사장 언니의 의견일까, 아저씨의 의견일까. 둘 모두에게서 나온 생각일 수도 있다. 두 사람은 내가 본 어른 가운데 가장 장난을 잘 치는 어른이다.

146

"『투덜이 참새』는 읽어 봤어?"

"네! 거기, 피구 얘기도 나오잖아요. 그때 저 진짜 놀랐어요. 저도 똑같은 생각을 해 본 적 있거든요. 공으로 사람을 맞히는 게 경기라니."

그 부분을 읽는데 얼굴도 모르는 투덜이 참새랑 확 가까워진 기분이었어요. 그렇게 말하기는 조금 쑥스러웠다. 나는 사장 언니를 보며 미소 지었다.

"좋아하는 게 비슷해야만 친해진다고 생각했거든요. 근데 그 반대로 싫어하는 게 맞아야 서로 싸울 일이 없겠구나, 하는 생각도 들고……. 사실은 아직도 잘 모르겠어요. 어떻게 해야 친해질 수 있는지. 친한 사이의 기준이 뭔지."

"여기 같이 온 친구들은 친한 사이 아니야? 어떻게 친해졌어?"

"저희 다 에이세븐을 좋아해서요."

사장 언니가 웃음을 터뜨렸다. 그래, 그거 중요하지, 하고 맞장구쳤다.

"하루는 지은이가 테마파크 수족관에 있는 돌고래를 방류하는 데 동의하는 서명을 해 달라고 링크를 보냈어요. 저도 그걸 읽고 화도 나고 속상한 마음이었는데, 애들이 너무 진지하게 화를 내니까 문득 그런 생각이 들었어요. 뭔가 부당하다고 느낄 때, 적당히 못 본 척하는 사람도 있고 비난만 하는 사람도 있지만, 목소리를 내고 실천하는 사람도 있잖아요. 만약 제가 수족관에 갇혀 사는 돌고래를 보면서 그만큼 화를 내거나 안타까워하지 않았다면, 그래도 세 사람과 친구가 될 수 있었을까, 뭐 그런. 그런 생각이 들어요."

이건 독서 모임 아이들에겐 할 수 없는 얘기겠지. 내가 셋과 달라지면 친구 사이가 끝날까 봐 불안해한다고 하면, 셋은 속상해하거나 날 걱정할지도 모르니까. 만약 달이가 있었다면, 달이에게는 털어놓지 않았을까?

"그런 걸 서로 견주어 보고, 영향을 주고받고, 또 닮아 가면서 친해지는 거 아닐까?"

그렇게 어른이 되어 가는 거고, 사장 언니가 덧붙였다.

"처음엔 내가 키우는 강아지를 아끼는 데서 시작했어. 그러다 다른 누군가의 강아지, 단 한 번도 주인이 있어 본 적 없는 강아지, 더 나아가서 생명을 지닌 다른 종들까지 생각하게 됐어. 최대한 많은 동물이 피해받지 않고 살게 하려면 난 무엇을 해야 할까. 무심한 사람들과 세상에 분노하는 것 말고 작지만 실질적으로 할 수 있는 것들은 뭐가 있을까. 내가 무심코 소비하는 것들이 다른 생명을 착취해서 이루어지는 거라면, 최대한 피해야 하지 않을까. 이젠 그런 것들을 늘 고민하는 거야. 그 고민들이 엉뚱한 방향으로 나아가지 않도록, 조금이라도 더 선하고 의미 있는 것들을 선택할 수 있도록 좋은 친구들이 옆에 있으면 좋겠지."

사장 언니는 다정하게 나를 바라보았다. 산책을 마친 아저씨와 강아지 두 마리가 마당으로 들어서고 있었다.

"선택의 기준이 반드시 같을 순 없겠지. 그렇지만 서로에게 도움이 되는 영향을 줄 수 있다면 된 거야."

가만히 사장 언니의 눈을 쳐다보았다. 삶의 목적을 아는 어른의 눈은 저런 거구나.

"하지만 고래 덕후가 수족관에 있는 고래를 관람하는 것도 좋아했다면, 나도 아마 결혼까지 하진 않았겠지?"

"네……. 네?"

잠시만, 결혼요? 아까부터 내내 옆에서 웅크린 채 자고 있던 쿠미가 귀를 움찔했다.

"그러니까 아저씨랑, 언니랑요?"

"남매인 줄 알았어?"

"아, 남매 느낌은 아니긴 했는데."

"그럼?"

"아, 모르겠어요."

갑자기 멍해졌다. 그냥 동업자로 생각했나? 사실 두 사람을 어떤 범주로 엮어 보려는 시도 자체를 하지 않았던 것 같다. 왜 그랬지? 사장 언니는 결국 웃음을 터뜨렸다.

집으로 돌아가며 나는 열심히 메시지를 보냈다.

> 나 오늘 쿠쿠 책방 갔었거든

지은 맞아 정원이는 가까워서 좋겠다ㅜㅜ

사장 언니랑 아저씨

둘이 부부래

알고 있었어???

지은 ?

나현 딱 봐도 부부인데

지은 그러게!

지은 KTX 타고 가면서 봐도 부부 아니야?

나현 재주넘기 하면서 봐도 부부

여레 엥?

여레 ㅋㅋㅋㅋㅋ 눈 감고 봐도 부부잖아!!!

나현 눈 감고 어떻게 봐

여레 ㅋㅋㅋㅋㅋㅋㅋ

지은 ㅋㅋㅋ

나현 편견이 없는 우리 고가든

여레 올드가든!

올드가든이라니. 초등학생 때나 불리던 별명이다. 나를 놀리던 세 사람은 덥다, 팥빙수 먹고 싶다, 우리 집엔 있지롱, 하며 수다를 이어 가기 시작했다. 메시지들은 금방금방 위로 올라갔다. 사실 별 영양가도 없고, 꼭 해야 하는 말도 아닌데 그저 즐거웠다.

우리는 앞으로 어떤 어른이 될까. 어른이 된다는 건 나보다 먼저 산 사람들의 뒤를 따라가는 거라고만 생각했다. 그런데 어떤 어른이 될지는 내가 선택하고 결정하는 것들로 이루어진다니, 그게 어른이 되는 과정이라니. 그것만큼 다행인 사실이 또 있을까?

관심사나 취미만이 아니라, 가치관이나 살아가는 방식 같은 중요한 것들도 함께 만들고 공유하는 사이가 된다고 생각하자 기분이 묘했다. 내 안에서 뭔가가 크게 뿌리를 내려 자리를 잡은 것처럼 든든했다.

좋은 친구가 옆에 있어야 한다는, 그 말이 맴돌았다. 지금 나에겐 그 말이 전혀 아프게 다가오지 않았다. 몇 년 전의 나였다면 아니, 당장 몇 달 전의 나였어도 그 말에 걸려 넘어지지 않았을까?

♪

소민 언니는 강아지들을 혼자 산책시켜야 할 때마다 나를 불러냈다. 강아지를 한 마리씩 데리고 근린공원을 지나 시청 건물 앞까지 쭉 걷다가 다시 돌아오는 코스였다. 해가 넘어간 오후라 그런지 많이 덥거나 힘들지 않았다.

"정원아, 숨차지 않아?"

"언니가 말을 너무 많이 해서 그래."

"아. 그런가?"

언니는 산책 내내, 어제 유튜브에서 본 에이세븐 영상의 후기를 쏟아 냈다. 덕질 초반에는 멤버들이 숨을 쉬는 모습만 봐도 감격스럽다. 가슴이 벅차올라 벽을 부수거나 아파트를 뽑지 않으려면 누구라도 앉혀 놓고 그 감동을 쏟아 내야 한다. 언니는 아무래도 '덕톡'을 하려고 나를 자꾸 불러내는 것 같다.

"콘서트는 정말 안 갈 거야?"

"내가 어떻게 가. 그때 되면 방학도 끝나고, 바로 학력평가도 있어."

"가고 싶지 않아?"

"당연히 가고 싶지."

"그럼 가야지!"

소민 언니는 A라는 질문의 답을 B에서 찾는 법이 없다. 내 주변에 이만큼 명쾌한 사람은 없을 거다.

"취소 표는 계속 나오지? 내가 밤새 보고 있을게. 엄청 좋은 자리 잡으면 어떡하지? 네가 먼저 좋아했으니까 양보한다!"

"동기 중에 에이세븐 팬 있다고 하지 않았어? 동기랑 가면 되겠네."

"난 너랑 갈 거야."

"나는 못 가."

"일단 내가 티켓을 구해 올게!"

시험 앞둔 동생한테 이래도 돼? 하지만 소민 언니는 이미 굳게 결심한 표정이었다.

소민 언니와 헤어져 집으로 돌아와 책상 앞에 앉았다. 예매 사이트에 접속했다. 인기가 없는 3층 맨 뒷줄은 드문드문 비어 있었다. 그중 아무 자리를 선택하고 다음으로 넘어갔다. 이름과 연락처, 티켓을 받을 주소를 입력하고 결제 방법을 선택한 후에 결제하기를 클릭하면 끝이다. 그렇게 어려운 일도 아니다.

뭔가 잘못된 게 분명하다. 이렇게 쉬울 리가 없다. 콘서트장에 가도 팬들만 모여 있을 뿐, 멤버들은 오지 않는 게 아닐까? 사만 킬로미터를 건너가는 일이 이렇게 간단할 리가 없다.

그날은 전국에 있는 팬들이 다 오겠다. 소민 언니가 들떠서 한 말이 맴돌았다.

달이도 콘서트에 올까? 내가 달이를 알아볼 수 있을까? 우리가 정말 이미 만난 적 있는 사이라면, 서로를 알아보지 않을까? 나는 아직도 이런 기대를 하고 있구나. 나는 조금 전의 나를, 다른 사람을 관찰하듯 바라보았다.

달이를 만난다면 하고 싶은 말이 많다.

달이 네가 어쩌면 아주 가까이에 에이세븐 팬이 있을지도 모른다고 했잖아. 정말이었어. 우리 학년에만 해도 세 명이나 있는데, 걔네랑 친해졌어. 그 셋이 얼마나 오래전부터 친했던 사인지, 내가 없을 때 무슨 대화를 하는지, SNS 아이디는 뭔지……. 걔네랑 친해지는 동안에는 그런 걸 의식하거나 걱정해 본 적이 없어.

그리고 또 신기한 일이 있는데, 우리 학교 상담 선생님이 알고 보니 같은 아파트에 사는 거 있지. 선생님은 내가 어떤 말을 할 때, 단 한 번도 내 눈이 아닌 다른 곳을 쳐다본 적이 없어. 어른이 된다는 건 쓸데없는 데 힘을 들이거나 애쓰지 않는다는 뜻일까? 내가 최근에 만난 어른들은 전부 그랬거든. 다 아는 척, 성숙한 척하려고 그에 걸맞은 말이나 표정을 꾸며 내지 않아. 어쩌면 나는 진짜 친구, 진짜 어른, 진짜 사람들을 처음 만나 본 건지도 모르지.

달이 널 꼭 데려가고 싶은 곳도 있어. 창밖으로는 동화처럼 고양이가 뛰어놀고, 아주 화창한 여름날 이름 모를 비가 그곳에만 내리기도 해. 너도 분명히 거길 좋아하게 될 거야.

그런데 넌, 지금 어디에 있어?

♪

독서 모임의 세 사람은 각자 여름휴가를 떠났다. 지은과 나현은 시골 할머니 댁에 간다고 했고, 여레는 외가 친척들과 함께 휴가를 보낸다고 했다. 지은은 자기 대신 언니가 고양이를 돌본다는 핑계로 집에 남은 게 부럽다며 투덜거렸다. 여레는 사촌 동생들과 물놀이를 하면서 찍은 영상이나 계곡의 폭포수, 잘 익은 수박 사진을 보내왔다. 세 사람 중에 톡을 확인하는 속도가 가장 빠른 나현은 시골에 도착한 후로는 대화창에 잘 나타나지 않았다.

세 사람 말고는 모든 게 그대로인데, 도시에 나 혼자 남은 기분이다.

예매창에서 새로 고침을 반복했다. 1층 스탠딩 석에서 빈자리가 잠깐 나타났다가 금세 사라졌다. 손이 빠른 사람들이 바로바로 채 가는 거겠지. 아깝다는 생각조차 들지 않는다. 잠깐 내 눈에 띄었을 뿐, 결코 내 것이 될 수는 없는 자리다.

내가 콘서트장에 있는 모습을 그려 본다.

만오천 명. 만오천 명이 에이세븐을 보기 위해 한날한시에 모여든다.

그 만오천 명 속에서 나는 전혀 특별하지 않다. 지금의 나를 이루는 것들 가운데 가장 큰 부분을 차지하는 것, 나를 가장 잘 설명하는 그 부분은 너무나도 당연하고 흔해서 아무것도 아닌 게 되어 버린다. 남몰래 품어 온 바람들, 기대들. 언젠가 아주 우연히, 예상치 못한 순간에 그들과 조우하는 순간이 오지 않을까 하는 오랜 기다림. 내가 사람과 세상에 걸려 넘어졌을 때 멤버들을 보며 느꼈던 위안들. 그런 것들이 더는 특별하지 않다.

만오천 명 속에서, 나는 말도 못 할 정도로 초라해 보이지 않을까. 누군가를 일방적으로 좋아하는 일은, 왜 늘 나를 작아지게 만드는 걸까?

단톡방에 들어갔다. 새로운 메시지는 없었다. 다들 여름휴가를 즐기느라 바쁜 모양이었다.

나는 가지 못할 콘서트를 생각하면 마음 한구석이 무너지는 느낌인데, 셋은 아무렇지 않아 보인다. 시험공부를 제쳐 두고 콘서트에 갈 정도로 에이세븐을 좋아하는 건 나뿐인 걸까? 그렇다면 결국 언젠가는 나만 혼자 남아 지금처럼 외롭게 에이세븐을 보고 있는 건 아닐까?

유튜브를 켰다. 익숙한 섬네일 사이 낯선 화면이 눈에 걸렸다. 영상을 클릭했다. 나도 잘 아는 배경이었다. 에이세븐이 늘 춤을 추던 안무 연습실. 소속사 로고가 커다랗게 박혀 있는 벽면을 뒤에 두고, 혜수의 배경 화면에서 본 걸그룹 멤버들이 춤을 추고 있다.

멋지다. 누구라도 저들을 보면 바로 그렇게 말할 거다. 누가 보더라도 아무런 이견이 없을 만큼 찬란하고 빛나는 사람들. 자신이 무엇을 가장 잘하는지, 어떤 모습일 때 가장 멋있는지 알고 있는 사람들. 에이세븐 멤버들을 보면서도 늘 했던 생각 이다.

어느새 멤버들은 엔딩 포즈를 취하고 있다. 한 번 더 볼까. 마우스로 손이 가려다 멈칫했다. 모니터 너머의 세상, 그 반짝 거림을 보는 게 너무나도 익숙했다.

혜수도 이런 기분이었을까?

나는 왜 가끔, 아니 이렇게 자주 쓸쓸해지면서도 여전히 그들을 좇는 걸까. 이건 내가 행복하려고 하는 짓이 맞나? 혜수는 38킬로가 되면 정말 행복해질까?

어쩌면, 우리는 유리 벽 너머의 같은 세상을 보고 있는지도 모른다. 처음으로 그런 생각이 들었다. 조용히 인터넷 창을 닫았다.

♪

"내가 김제욱 영화 무대 인사 돌 때, 전 회차를 따라다녔단 말이야. 무인보다 콘서트 좌석이 훨씬 많잖아. 근데 티켓팅이 이렇게 빡셀 수 있어?"

"거봐, 쉽지 않다니까."

산책을 끝내고 아파트 단지의 벤치에 앉았다. 저녁 공기가 선선했다.

"에이세븐도 티켓팅 해서 성공한 사람만 콘서트 무대에 서야 하는 거 아니야?"

"만약에 콘서트에 가게 되면 말이야. 갔다 와서 나, 깔끔하게 탈덕할까?"

"뭐?"

소민 언니의 목소리가 커졌다.

"갑자기 무슨 뚱딴지같은 소리야."

"그러게."

"공부에 방해될까 봐 그래?"

나는 고개를 저었다. 이렇게 단칼에 잘라 버리지 않으면 영영 못 할까 봐 그래. 여레도, 지은도, 나현도 더는 에이세븐을 찾지 않는데 나 혼자만 남아서 붙들고 있을까 봐. 좋아하는 마음의 생김새도, 온도도, 그러다 속도까지 달라져서 우리가 더는 같지 않을까 봐, 그래서 더는 친해질 수 없을까 봐 그게 무서워서.

"아. 이쯤에서 양심 고백 하나 해야 할 것 같아."

소민 언니가 큼큼, 목을 가다듬었다. 또 무슨 농담을 하려나 했더니 갑자기 진지한 얼굴로 나를 바라보았다.

"일부러 그런 건 정말 아니고, 티켓팅 얘기 하다가 실수로, 정현이한테 말해 버렸어. 너랑 같이 에이세븐 콘서트에 가려고 한다고."

"뭐?"

"미안, 미안."

소민 언니는 한껏 미안해하는 표정을 짓다가도, 웃음이 새어 나오는지 입꼬리가 자꾸만 올라갔다.

"티켓팅 성공하면 꼭 말해 달래. 네 티켓값은 자기가 보내 준다고."

"우리 언니가? 왜?"

"왜긴 왜야. 네 언니니까 그렇지. 아. 나도 그런 언니 있으면 좋겠다."

소민 언니는 진심으로 부럽다는 얼굴이었다. 티켓값은 애초에 중요한 문제가 아니었다. 물론 십이만 원은 나에게 아주 거금이지만.

소민 언니의 얘기를 듣자 마음속에 꾹 눌려 있던 뭔가가 가벼워지는 듯했다. 인정받은 기분이라고 해야 하려나. 맘껏 좋아해도 괜찮다고. 숨기거나 참을 일이 아니라고.

"언니랑 우리 언니는 정말 비밀이 없구나."

"억울해, 진짜 실수였다니까?"

"됐어."

"내가 티켓 구해 오면, 마음이 좀 풀리려나?"

"우리 언니랑 덕질 하는 얘기도 다 해?"

"응. 근데 너희 언니 너무하지 않아? 내가 그렇게 얘기를 해 줬는데 아직도 에이세븐이 여섯이냐, 일곱이냐, 그러더라. 이름부터 에이세븐인데.”

상대가 에이세븐이 몇 명인지 몰라도 꾸준히 덕톡을 시도하는 소민 언니. 별 재미도 없고 머릿속에서 금방 사라질 얘기지만 끝까지 들어 주는 우리 언니.

“언니는 우리 언니랑 어떻게 친해진 거야?”

소민 언니가 곰곰이 고민하는 표정을 지었다.

“몰라. 오래돼서 기억 안 나.”

언니는 나를 보며 씩 웃었다. 그게 뭐 중요해? 하듯, 가벼워 보이는 얼굴로.

“……나도 그런 날이 오면 좋겠다.”

“얼마든지 올 거야.”

시골에서 오후 늦게나 돌아올 거라던 나현은 생각보다 일찍 도착했다. 나는 같이 아이스크림을 먹으러 가자는 나현의 말에 바로 집을 나섰다.

우리는 아이스크림을 들고 근처 놀이터 벤치에 앉았다. 나현은 시골에 가서도 틈틈이 썼다며, 내내 들고 있던 에코 백에서 노트를 꺼내 보여 주었다. 〈세븐맨션〉의 새로운 편이었다.

대학생인 멤버들이 여름 방학을 맞아 남해의 섬으로 놀러 가는 내용이었다. 멤버들은 아주 중요한 짐을 차 트렁크에 싣는 걸 깜빡하고 출발하더니, 중간에 들른 휴게소에선 떡꼬치를 먹는 데 정신이 팔린 S와 K가 낙오된다. 순조롭게 망해 가는 그들의 여름휴가를 보며 자꾸만 웃음이 픽픽 터져 나왔다.

어이없으라고 쓴 거 맞아, 나현이 멋쩍어하는 투로 말했다.

"이거 어디 올려 볼 생각은 없어? 우리만 보기 아까워."

"나는 모르는 사람들 보여 주는 게 더 아까운데."

"그럼 우리 보라고 쓰는 거야?"

나현은 고개를 끄덕였다. 다른 이유나 가능성은 한 번도 생각해 본 적 없다는, 당연하고 또 단호하기까지 한 눈이었다.

나현의 〈세븐맨션〉은 차곡차곡 쌓여 벌써 다섯 편이 되었다. 나현은 밤을 꼬박 새워 한 편을 완성할 때도 있었다. 나는 나현의 애정도를 의심한 게 조금 미안해졌다. 나현이 여기에 얼마나 몰두하고 있는지 느껴지자, 나는 덜컥 겁이 났다.

우리 중 누구라도 더는 에이세븐을 좋아하지 않게 된다면, 멤버들을 미워할 수밖에 없는 일이 생긴다면 이 글들은 어떻게 되는 걸까? 현실과 이야기 속 멤버들을 구분하는 게 가능할까? 나는 비슷한 이유로 더는 찾아보지 못하게 된 팬픽, 드라마, 그리고 추억들이 많았다. 고작 그런 이유로 나현의 글이 멈추거나 사라지는 게 싫었다.

"힘들진 않아?"

"힘들 때야 있지. 인터넷에서 남들이 쓴 거 찾아 읽는 게 훨 재밌는데."

근데 왜 하는 거야? 탈덕하고 나면 아깝고 후회되지 않겠어? 차마 그 말까지는 할 수 없었다. 나는 가만히 나현을 바라보았다.

"좋아하는 영화가 있는데, 거기 나오는 남자애가 친구들이랑 같이 영화를 찍거든. 근데 그걸 누가 보겠어. 그걸 알면서도 계속 찍는 거야."

"……."

"그 남자애가 그러면서 하는 말이 있거든. 그게 무슨 뜻인지 알 것 같아. 나도 이걸 하면서는, 내가 좋아하는 거랑 연결돼 있는 기분이 들어."

좋아하는 것. 그게 무엇인지 나는 묻지 않았다. 언제인가 각자가 재밌게 본 드라마 얘기를 하면서, 나현은 중학생 때 꿈이 시나리오 작가였다는 말을 툭 꺼낸 적이 있다. 지금 나현과 연결돼 있는 것. 그건 에이세븐일 수도, 간직해 온 꿈일 수도, 그리고 자기의 글을 기쁘게 읽어 주는 사람들일 수도 있겠지.

나현은 자기가 좋아하는 것과 이어지는 방법을 안다. 꾸준히 밀고 나가 한 번은 가닿을 수 있는 길을 안다. 그 길이 모두에게 똑같진 않을 거였다. 나는 낙원으로 향하는 나만의 길을 찾아야 한다. 나현과 헤어져 집으로 돌아오면서, 버스에서 내내 그런 생각이 들었다.

알고 보면, 손만 내밀면 닿을 곳일 수도 있는데, 나는 왜 매번 머뭇거리기만 했을까?

지금 내가 누구보다 닿고 싶은 대상.

한 사람이 가장 먼저 떠올랐다.

방학이 끝나기 전, 나에겐 꼭 해야 할 일이 있었다.

♪

방학 잘 보내고 있어? 내 메시지에 혜수는 바로 답을 보내
왔다.

정원이 너는 책 실컷 읽고 있겠다

헐, 아냐

맨날 공부도 안 하고 폰만 봐

나도 ㅋㅋ

ㅋㅋㅋ

오늘 엄마가 이모네 가서 집에 나밖에 없는데

놀러 올래?

아…

그래도 돼?

응 ㅋㅋ

천천히 준비해서 와

기다리고 있을게

거실과 내 방을 대강 정리하는 동안, 혜수가 도착했다. 방학식 이후로는 첫 만남이었다. 살이 더 빠져서 앙상해져 있으면 어떡하지? 조금 떨리는 마음으로 혜수를 맞았다. 혜수는 자기 체구보다 훨씬 큰 티셔츠와 통이 넓은 청바지를 입고 있었다. 머리가 조금 길어진 것 말고는 다행히 크게 달라지지 않은 모습이었다.

우리는 거실에 앉아 TV를 봤다. 혜수는 어느새 양반다리를 하고 소파에 등을 기댄 채 편안하게 앉아 있었다. 채널을 돌리다 김제욱이 나오는 드라마에서 멈췄다.

"진짜 잘생겼다."

"나랑 친한 언니도 김제욱 팬이야."

"안 좋아할 수 없는 얼굴이지."

"너도 잘생긴 사람 좋아해?"

"뭐?"

혜수가 웃음을 터뜨렸다. 질문이 이상했나? 나도 덩달아 웃었다.

나는 혜수를 내 방으로 데려와 구경시켜 주었다. 혜수는 내가 침대 밑에서 커다란 상자를 꺼내자, 휘둥그레 놀란 눈으로 쳐다봤다.

164

"나 사실, 에이세븐 덕후야."

"근데 이걸 왜 침대 밑에 넣어 놨어?"

"가족한테 들키기 싫어서."

"하긴. 우리 엄마는 나한테 오는 택배 일일이 검사해."

혜수는 앨범 안의 포토 북을 천천히 넘겨 보았다. 애 잘생겼다, 앤 이름이 뭐야? 혜수는 아이돌 앨범을 처음 보는 사람처럼 신기해하면서 한참을 구경했다.

"너 누구 제일 좋아하는지 맞혀 볼까?"

이 사람 아냐? 혜수가 앨범 재킷 사진에서 정확히 J를 손가락으로 가리켰다. 혹시 그때 팔로우 한 'J가든'이 나라는 사실을 눈치챈 걸까? 나는 머뭇대며 혜수의 시선을 피했다.

"맞네. 너 방금 되게 민망해했어."

"아. 어떻게 알았어?"

"아까 사진 볼 때, 이 사람 나올 때마다 네가 숨을 헙, 하고 엄청 크게 들이마셨어."

"내가? 안 그랬는데?"

"맞거든. 그랬거든?"

따라 해 볼까? 혜수가 놀리듯 말했다. 그렇게 티가 났나? 좋아하는 게 숨소리에서도 티가 난다니. 내가 그 정도로 답도 없는 덕후였다니.

적어도 이제 혜수 앞에서는 편하게 숨을 쉴 수 있겠다. 순간 마음이 어느 때보다 편안해졌다.

나는 엄마가 끓여 놓고 간 김치찌개를 데웠다. 혜수 그릇엔 김치와 두부를 가득 담아 주었다. 달걀프라이는 잘 부쳤는데, 케첩 데커레이션을 망쳤다.

"김치는 집에서 직접 담근 거야?"

"응. 해마다 할머니 댁에서 다 같이 김장해."

"정말 맛있다."

혜수는 내가 차린 반찬들을 하나도 빼놓지 않고 맛보았다. 밥과 국을 떠서 입으로 가져갈 때, 혜수는 아무런 망설임이 없었다. 혜수가 뭔가를 그렇게 흡족한 표정으로, 자연스럽게 먹는 모습은 처음 보았다.

"밥 안 남기고 한 그릇 다 먹은 거, 고등학교 들어온 후로 처음이야."

"응. 잘했어."

"한 그릇 다 먹으면 죽는 줄 알았는데."

"……."

이상하지? 혜수가 물었다. 나는 고개를 저었다.

"나 밥 먹는 꼴 보면 재수 없지 않아?"

"……그렇게 생각한 적 없어."

혜수가 약간 고개를 숙인 채 자조하듯 웃었다. 낯선 표정이었다.

"사실 나도 알고 있어. 42킬로가 되면, 그땐 또 30킬로 대까지 가 보고 싶겠지. 몇 킬로가 되든 계속 그럴 거야. 만족스럽지도 않고, 행복하지도 않을 거야.”

“……”

“결국 난, 그냥 나 자체가 불만족스러운 거겠지.”

자기 학대도 습관이 될 수 있나 봐, 혜수가 말했다. 혜수가 그런 단어를 아무렇지 않게 말한다는 게 정말 마음이 아팠다.

“정원이 넌 뭐가 가장 두려워?”

“아. 나는……”

“응.”

“좀 유치해 보일 수도 있어.”

“괜찮아.”

“에이세븐이 해체하는 거.”

혜수가 나를 물끄러미 보았다. 나는 가만히 그 눈을 마주했다. 혜수가 먼저 시선을 돌려 버릴까 봐, 날 바라보는 눈빛이 변해 버릴까 봐 두려웠다.

나는 혜수가 내 앞에서 무슨 말을 하든, 그 말을 들어 주고 싶다. 내가 단번에 이해할 수 없는 말일지라도 얼마든지 들어 줄 거다. 트위터 속의 나처럼 적당한 대답을 꾸며 내지 않고. 혜수도 과연 그럴까?

“해체하면 어떨 것 같은데?”

“음. 엄청 슬프겠지? 내 세상이 깨지는 것 같을 테니까.”

혜수의 눈빛이 흔들렸다. 이런 말을 해도 될까, 이상하게 들리지는 않을까. 그 애의 망설임이 느껴졌다.

"나는, 아침에 일어나면 제일 먼저 하는 게 체중계 위에 올라가는 거야. 0.1킬로라도 줄어 있으면 하루를 시작하는 게 좀 견딜 만해. 내 몸인데 왜 내 마음대로 안 되지? 그게 억울하고 분해 죽겠어. 몸무게가 조금이라도 늘면, 세상이 무너지는 것 같아."

매일 아침마다 체중계 위에 오르는 마음. 내가 원하는 무언가에 가까워지려고 애쓰는 그 간절한 마음을 알 것 같았다.

그래도 죽진 않을 거야. 가끔은 내가 통제할 수 없는 것들이 너무 많다고 느껴지고, 내 노력과는 상관없이 나의 세상이 다시 한번 깨져 버려도. 나는 깨진 세상 속을 어떻게든 털고 나와 새로운 세계를 또 짓겠지. 이번에는 어떤 일이 있어도 내 곁에 오래 있어 줄 사람들, 손을 뻗었을 때 맞닿는 거리에 있을 사람들로 가득 채운 세계를.

"혜수야, 비밀 하나 더 말해 줄까?"

"응. 나 입 되게 무거워. 이주원이랑도 서로 말 안 하는 거 많아."

"사실 이건 내 비밀은 아니고 다른 사람 비밀이긴 한데. 말해도 괜찮을 것 같아."

"정말? 일단 들어 보고 판단해 줄게."

"우리 학교 상담 선생님 있잖아."

"응."

"나랑 같은 동에 살아. 그래서 길에서 자주 마주쳐."

"대박, 그럴 수도 있구나."

상대도 나도 서로의 모습을 볼 수 없고, 그래서 어떤 편견도 없을 때, 그때가 가장 솔직해질 수 있는 순간이라고 생각했다. 하지만 오늘 우리는 서로 마주 보고 앉아 한 끼를 먹고, 조금 붉어진 눈으로 각자가 가장 두려워하는 것들을 꺼내 놓았다. 혜수가 트위터에서 보여 주는 모습은 혜수의 가장 내밀한 한 부분일 뿐, 혜수의 전부는 아니다. 나도 그렇듯이.

나는 조금 더 용기를 냈다. 이건 나만 할 수 있는 일이 아닐까? 혜수에게 '마음'을 누른 서른한 명의 사람들, 혜수의 팔로잉 목록에 있는 사람들이 아닌 지금 마주 앉아 있는 나만이, 나라서 할 수 있는 일.

"쌤이 친구랑 상담실에 차 마시러 오라셨는데 못 갔거든. 개학하면 같이 갈래?"

"아…….."

나는 내가 숨을 쉬지 않고 있다는 사실도 잊은 채, 가만히 대답을 기다렸다. 혜수는 무슨 말을 더 할 것 같은 눈으로 머뭇거렸다. 나는 재촉하지 않았다. 더 나누고 싶은 이야기들, 그 이야기들을 나눌 수 있는 시간이 우리에겐 많으니까.

♪

콘서트장에 도착해서 하늘을 올려다보았다.

페이스트리 결처럼 길게 늘어진 구름이 아주 높이 떠가고 있었다. 어느덧 가을이 가까워진 모양이었다.

이제 도착?

끝나면 전화

인성 도착해서도 전화

알겠어, 하고 아빠에게 답장을 보냈다. 내가 소민 언니와 콘서트를 보러 서울에 간다는 말을 엄마에게 전해 들었는지 아빠는 출근까지 미루고 아침 일찍 나를 터미널에 태워다 주었다. 처음엔 서울까지 데려다주겠다고 했는데 소민 언니가 고속버스가 더 빠르다는 말로 겨우 설득했다. 한 달 만에 보는 아빠는 나에게 에이세븐이 뭐 하는 애들이냐, 콘서트는 얼마짜리냐, 그런 것들을 묻지 않았다.

버스에 오르기 전, 터미널 앞 김밥집에서 김밥과 쫄면까지 사 먹이고 나서야 아빠는 좀 안심이 된다는 표정이었다. 두 시간 가까이 버스를 타고 서울로 가는 동안, 어쩐지 나는 자꾸만 울고 싶은 기분이었다.

알고 보면 내 삶에서도, 아주 가까이에서 오랫동안 나를 아껴 주고 사랑해 주는 사람들이 있다는 걸 나는 자주 잊고 만다. 왜 그런 것들은 눈에 잘 보이지 않는 걸까?

소민 언니의 자리는 2층 좌석, 나는 1층 스탠딩 석이라 다른 입구로 입장해야 했다. 내 티켓은 쿠쿠 책방 아저씨가 구해 주었다. 아저씨는 학생 때부터 온갖 게임을 섭렵하느라 컴퓨터도 잘 다루고 손도 빠르다고 한참을 자랑했다. 아저씨는 그 말을 증명하고 싶었는지 꼬박 이틀을 예매 사이트에서 상주하다가 누군가가 취소한 표를 잽싸게 잡아 나에게 양도해 주었다. 사장 언니는 2층 1열을 잡았는데, 아저씨에겐 졌다며 진심으로 아쉬워했다. 그 자리는 소민 언니의 몫이 되었다.

나는 우리 구역에서 백한 번째로 입장했다. 공연 시작까지는 한참 더 기다려야 했다.

> 거기 덥지 않아? 어지러우면 참지 말고 바로 진행 요원한테 말해!

> 근데 여기 시야 완전 좋아!

소민 언니에게서 메시지가 도착했다. 독서 모임 아이들의 단톡방에 들어가 보았다. 세 사람은 나보다 더 흥분한 상태였다.

팔도 뻗지 못할 만큼 바짝 붙어 서 있는 사람들 사이에서 여러 말들이 들려왔다. 간간이 내가 알아들을 수 없는 다른 나라의 언어, 익숙하지 않은 억양도 섞여 있었다. 모두가 저마다의 목소리로 말하고 있었다. 어느 누구도 나와 같아 보이지 않았다. 저 사람들은 어디서부터, 얼마만큼의 거리를 건너 지금 여기에 와 있는 걸까. 각자가 어떤 이유로, 많고 많은 그룹

중에 에이세븐을 선택해서 이 자리에 왔을까.

멤버들은 알까? 지금 여기서 기다리는 만오천 명이 그만큼의 다른 마음과, 목소리와, 어제를 가진 사람들이라는 사실을.

조명이 암전되었다. 사람들의 환호성이 커졌다. 뒤에서부터 사람들이 미친 듯이 밀기 시작했다. 나는 저항 없이 앞으로 떠밀려 갔다. 이러다가 무대 위까지 올라가는 거 아냐? 콘서트 스탠딩을 한번 경험하고 나면 인류애가 사라진다더니, 이런 기분이구나.

조명이 없는 어두운 무대 위에 무언가가 보였다. 실루엣만 보이는 멤버들이 간격을 두고 서 있었다.

멤버들은 화면으로 보던 모습보다 너무 큰 것 같기도 하고, 한편으로는 너무 작은 것 같기도 했다. 사만 킬로미터. 지구 둘레만큼의 거리를 지나, 그들이 내 눈앞에 있다.

직선거리에 J가 있다. J는 두 손을 모으고 서 있다. 눈이 어둠에 익숙해지면서 J가 조금 더 뚜렷하게 보였다. 무슨 생각을 하는 걸까? 떨리거나, 긴장되거나, 두렵진 않을까? J가 가장 자주 짓는 표정이었다. 저 표정 아래에는 사실 수십 가지 감정이 있겠지. 나는 그 감정들을 모조리 다 알고 싶었다. 늘 그가 궁금했다.

무대 뒤와 양옆에 있는 커다란 전광판에선 콘서트 시작 영상이 나오고 있었다. 화면에 멤버들이 한 명씩 등장할 때마다 사람들의 함성이 커졌다.

그들에게 들리기만 한다면 외치고, 또 들려주고 싶었다. 내가 얼마나 먼 거리를 건너 여기에 왔는지, 오늘 여기에 오기까지 나에게 어떤 일들이 있었는지.

무대 위에서 J가 이쪽을 보았다. 숨은 쉬고 있는지, 살아 있는 게 맞는지 알기 어려울 만큼 움직임이 없었지만 어둠 속에서도 눈빛만은 분명하게 빛났다.

아주 짧은 순간, J와 눈이 마주쳤다고 느꼈다.

앞으로 내 삶에서 지금만큼 J와 물리적으로 가까운 순간은 없을 거란 예감이 들었다.

그건 슬프지도, 서럽지도, 아쉽지도 않았다. 이걸로 됐다, 충분해, 하는 느낌이었다. 살면서 이만큼 충만하다고 느껴 본 적이 또 있었을까?

불기둥 같은 불꽃이 터져 올랐다. 무대 위의 조명이 켜졌다. J가 분명 내 눈앞에 서 있었다. 심장을 둥둥 울리는 사운드가 콘서트장 가득, 웅장하게 울려 퍼졌다.

♪

주말이 되어 친구들과 쿠쿠 책방을 찾았다.

웬일인지 사장 언니와 아저씨가 마당 테이블에 나와 있었다. 마치 우리를 기다리고 있던 것처럼. 사장 언니와 아저씨는 올 것이 왔구나, 하는 결연한 표정으로 시선을 교환하더니 우리를 맞았다.

"콘서트는 잘 보고 왔어?"

"네! 덕분에요. 잘 다녀왔어요."

"정원이가 저 안구 공유해 주기로 했잖아요!"

여레가 흥분해서 외쳤다.

"나도 그냥 다음엔 콘서트 갈래. 어차피 공부 하나도 안 되더라."

"아저씨! 저도 티켓팅 해 주면 안 돼요?"

나현은 투덜댔고, 지은은 아저씨에게 간절한 눈빛을 보냈다.

세 사람은 아직도 흥분이 가라앉지 않았는지, 쉬지 않고 어쩌고저쩌고 떠들어 댔다.

"너희한테 보여 줄 게 있어."

사장 언니는 휴대폰을 뒤적거리며 뭔가를 찾았다. 평소답지 않은 진지한 표정이었다. 뭔데요? 세 사람이 그 주위로 모여들었다. 나도 조심스레 머리를 들이밀었다.

휴대폰 화면에는 사진이 한 장 떠 있었다. 찰보리빵 귀 강아지, 콩이였다.

"콩이 입양 갔어, 이틀 전에. 근데 입양자가 누군지 알아?"

누군데요? 우리가 보고 검증을 해야 하는데, 콩이 데리고 놀러 오라고 하면 안 돼요? 콩이랑 인사도 못 했는데. 아이들은 당장이라도 울 것 같은 얼굴로 한마디씩 했다. 사장 언니는 말없이 다른 사진을 보여 주었다. 익숙한 강아지와, 아주아

174

주 익숙한 사람이 그 강아지를 품에 안고 서 있었다.

우리는 정확히 5초 동안, 누구도 말하지 못했다.

내가 지금 뭘 보고 있는 거지?

이건 합성인가?

정말 많은 생각이 머리를 스쳤다.

"대박."

"미쳤다."

"진짜 J예요? 에이세븐?"

사장 언니와 아저씨가 고개를 끄덕였다. 아니, 어떻게 저렇게 태연한 표정일 수 있지?

"여기 왔다 간 거예요?"

"언제 왔었어요? 얼마나 있었어요?"

"얘들아, 일단 진정하고 자리에 좀 앉아."

"자기가 콩이 키운대요?"

"응. 알고 보니까 전부터 보호소 쪽에 연락하고 있었더라고. 입양은 9월 돼야 가능하다길래 보류해 놓고 있었는데, 이렇게 진짜 올 줄은 몰랐어. 콘서트 때문에 미뤘던 것 같아."

"동생이 바로 윗집에 산다며? 바쁠 땐 동생이 같이 봐주기로 했대."

그런 얘기까진 안 해도 돼, 사장 언니가 아저씨의 팔을 툭 쳤다. 더 알고 싶은 욕망과, 사생활을 너무 파고들면 안 된다는 생각이 싸워 댔다. 그래서, 어디에 산대요? 혹시 연락처도 주고 갔나요? 그런 말들이 튀어나올까 봐 입을 꾹 닫았다.

"정원이보단 내 안구가 더 낫지 않나? 난 진짜 코앞에서 봤어. 같이 커피도 마시고."

아저씨가 자랑하듯 말했다.

"우리도 도착하기 전까진 그 사람인 줄 몰랐어. 너희한테 바로 연락해서 알려 줄까 했는데 어차피 학교에 있을 시간이고, 그분한테도 실례일 것 같아서."

이해해요, 괜찮아요. 누구라도 그렇게 말할 법한데 아무도 하지 않았다. 아니, 할 수 없었다. 덕후는 계를 못 탄다. '덕계못'이라는 말은 도대체 누가 만들었을까?

우리는 혹시라도 J가 또 올지도 모른다는 말도 안 되는 기대를 품은 채 오랜만에 독서 모임을 가졌다. 방학 때 목표를 이룬 건 지은뿐이었다. 나는 『죄와 벌』을 끝내 다 읽지 못했고, 『카라마조프가의 형제들』을 목표로 했던 여레와 나현도 마찬가지였다. 여레와 나현은 읽기 대신 쓰기에 몰두했고, 나는 소민 언니와 열심히 산책을 다녔다. 후회도, 아쉬움도 없는 여름이었다.

처음으로 책방 마감 시간까지 남아 있었다. 시간이 너무 늦어 아저씨가 차로 태워다 주었다. 아저씨는 J의 방문 소식을 바로 알리지 못한 것도, 콩이에게 인사할 시간을 마련해 주지 못한 것도 다 미안하다며, 이걸로 퉁치자고 했다. 우리는 그럴

176

생각이 전혀 없었다.

세 사람을 각자의 집에 내려 주고, 왔던 길을 되돌아 다시 우리 동네였다. 나는 아까부터 속으로만 하던 생각을 꺼내 보기로 했다.

"아저씨, 혹시 에이세븐이랑 아는 사이 아니에요?"

뭐? 아저씨는 조금 황당하단 표정을 지으며 룸 미러로 나를 쳐다보았다.

"티켓팅도 아저씨가 한 거 아니죠? 지인이라서 표 쉽게 구한 거 아니에요?"

"흠. 여러 가지 정황상 다 믿기 어려울 순 있는데, 지금 내 민첩함도 의심하는 거야? 그건 용납 못 하는데."

"정말 아니에요?"

"응. 찐으로 아냐!"

"죄송해요. 덕분에 좋은 자리 가 놓고."

"괜찮아. 난 쿨한 사람이거든."

사실 아직도 미심쩍은 게 남았지만 난 그냥 입을 닫고 차창 밖으로 시선을 두었다. 라디오에서는 멤버들과 친한 그룹의 신곡이 흘러나오고 있었다.

J도 이 길을 지났을까? 인성시에서 무엇을 보고, 어떤 인상을 간직한 채 떠났을까? 문득, 늘 보던 거리가 조금 다르게 느껴졌다.

나는 콩이가 쿠몽이와 마당에서 뛰어놀던 모습, 삑삑 소리가 나는 장난감을 가지고 놀던 모습을 떠올려 보았다.

"콩이 보고 싶진 않아요?"

"괜찮아. 거기 가서 더 잘 지낼 거니까."

가끔 사진이랑 영상도 보내 주기로 했어. 아저씨가 비밀이라도 말하듯 목소리를 낮췄다.

"좋은 사람 같았어."

"……"

"물론 나보다 정원이 네가 훨씬 더 잘 알겠지만."

정말 그럴까? 나는 무대 아래에서 J를 본 게 전부이고, 말한마디 섞어 본 적도 없다.

좋은 사람. 아저씨가 J를 두고 한 말이 자꾸만 울려 댔다. 그이상 바랄 게 있을까? 정말 그 말이 맞다면, 나는 J에게 더 기대할 것도, 바랄 것도 없다. 그러니 더는 두려워하거나 의심하지 않고 얼마든지 그들을 응원해도 된다.

"달이한테 말해 주면 신기해할 텐데."

"달이가 누구야? 친구?"

"……제 덕메요. SNS로 만났어요."

"그 친구한테도 얘기해 줘. 입양자 밝혀도 되는지 물어보니까, 된다고 했거든."

"네. 다음에요."

차에서 내려 테니스장 앞을 지나다 상담 선생님을 만났다. 나는 선생님과 벤치에 앉았다. 풀벌레 우는 소리가 들려왔다. 습기를 가득 머금은 밤공기가 온몸에 들러붙는 느낌이었지만, 나쁘지 않았다.

"방학이 끝나 버렸다니. 슬프지 않니?"

선생님이 기운 없이 말했다. 내가 같은 학교 학생이라는 걸 잊어버린 걸까?

"이 시간에 어디 다녀오니?"

"저, 쿠쿠 책방요."

"정말?"

"네! 저 자주 가요. 선생님은 거길 어떻게 아셨어요?"

"투덜이 참새가 알려 줬어."

"네?"

선생님 앞에서 이만큼 크게 목소리를 낸 적은 없었다. 선생님은 내 반응이 재밌다는 듯 웃기만 했다.

"어떻게요?"

"음. 방문 탁묘라고, 가끔 집사가 집을 비워야 할 때 잠깐 대신 돌봐 주는 게 있거든. 내가 연수를 앞두고 래오가 혼자 있어야 했는데, 그때 인터넷으로 방문해 줄 사람을 구했어. 그분이 하루에 한 번씩 들러서 래오 화장실도 치워 주고, 밥그릇도 채워 주고 갔지. 그렇게 우리 집에 와서는 책을 한 권 놔두고 간 거야."

"그게 『투덜이 참새』예요?"

"응. 첫 장에 친필 사인이랑 편지도 있었어. '고양이가 너무 귀여워서 납치하려다 간신히 참았습니다. 더 많은 책을 원한 다면 쿠쿠 책방으로 오세요.'라고."

"투덜이 참새가 같은 도시에 살고 있었다니."

싫어하는 것이 54개나 되는 투덜이 참새는 귀여운 고양이 와 쿠쿠 책방을 좋아하고, 사람들에게 호의를 베푸는 것도 좋 아하고, 자기 책을 나눠 주는 것도 좋아한다. 사람을 쉽게, 함 부로 판단하지 않으려는 사람들을 또 좋아할 테고. 투덜이 참 새가 이번엔 자기가 좋아하는 것들로 책을 써 본다면 어떨까. 어쩐지 기대가 되었다.

"정원이 네가 좋아하는 게 비슷해야 친해지기 쉽다고 했었 지. 이것도 그런 맥락인가? 조금 알 것 같기도 하고."

선생님이 미소를 지었다. 그날, 혜수에게 조금은 욱하는 마 음으로 쏟아 낸 말들이었다. 선생님은 그걸 다 기억하고 계셨 구나.

"아무래도 눈여겨보는 것들, 소중하게 여기는 것들이 비슷 한 사람들은 조금 더 이어지기 쉬운 법이겠지."

나는 천천히, 선생님의 말을 곱씹어 보았다.

글과 이야기, 동물과 환경, 그런 것들을 소중하게 여기는 사 람들이 보이지 않게 연결되어 있는 세상을 그려 보았다. 서로 를 단정 짓고 구분하는 게 아니라 가능한 한 많은 사람과 이 어지기 위한 세상. 그런 생각을 하니 마음이 한결 잔잔해졌다.

"다음엔 제가 도와드려도 돼요?"

"뭘?"

"방문 탁묘라는 거요."

"나야 고맙지!"

선생님은 아주 흡족하다는 표정이었다.

"그럼, 학교에서 임무를 하나 줄게."

집으로 돌아와 트위터에 접속했다. 달이가 사라진 후로는, 나도 새 트윗을 올리지 않았다. 나는 휴대폰에 있는 사진을 골랐다. 콘서트장 앞에서 본 구름, 콘서트가 끝난 무대를 배경으로 찍은 응원봉, 그리고 콩이가 쿠몽이와 노는 모습을 찍은 사진을 업로드했다.

나는 잘 지내고 있어. 나는 여전히, 에이세븐을 좋아해. 그리고 에이세븐만큼 좋아하는 것들이 더 생긴 것 같아.

전하고 싶은 말은 많았지만, 아무런 내용도 적지 않았다.

나는 이제, 달이를 찾지 않아도 될 것 같다.

궁금해하지 않는다거나 잊겠다는 뜻은 아니다.

달이가 나에게 왜 그렇게까지 중요했는지 알게 된 지금에서야, 나는 달이를 놓아줄 수 있을 것 같다. 그동안 우리가 나눈 대화와 쌓아 올린 시간을 생각하면, 여전히 우리가 눈에 보이지 않는 인연으로 이어져 있다는 생각이 든다.

그렇다면, 언젠가는 달이와 다시 만날 수 있지 않을까?

♪

　체육관 뒤, 학교 후문으로 이어지는 길을 따라 긴 화단이 있었다. 상담 선생님이 나에게 내린 임무는 그다지 어렵지 않았다. 시간이 날 때는 화단 구석에 놓아둔 밥그릇을 확인하고, 그릇이 비어 있으면 상담실에서 사료를 가져다가 적당히 부어 놓는 것.

　그런데 전부터 이미 그 임무를 맡아서 하던 사람이 있었다. 여레였다.

　"여레야, 쟤 지금 뭐 하는 거야?"

　"저기 물방울 떨어지는 거, 그거 구경하는 것 같아."

　체육관 벽에 붙은 배수관에서 물이 똑, 똑, 천천히 떨어졌다. 고양이 한 마리가 그 앞에서 식빵처럼 몸을 웅크리고 앉아 떨어지는 물을 쳐다보고 있었다. 화단과 후문 바깥길을 자주 배회하는 삼색이였다.

　"저게 재밌나?"

　"그러게."

　고양이는 물방울을 구경하고, 우리는 고양이를 구경했다. 누군가가 우리를 본다면 똑같이 말할지도 모른다. 저게 재밌나, 그러게.

　"정원아, 지구상에 있는 전봇대를 다 뽑아 버리면 어떻게 될까?"

"뭐? 갑자기?"

여레는 자기만의 생각에 빠져 진지한 얼굴이었다. 전봇대가 없는 지구. 단 하나의 종을 제외하고, 우주의 모든 존재에게는 그 편이 훨씬 더 나을 거라는 생각이 들었다. 여레도 비슷한 생각을 하는 모양이었다.

학교 안의 고양이들은 경계심이 많아서, 낯선 사람이 지나가거나 주변이 조금만 소란스러워도 모습을 잘 나타내지 않았다. 고양이를 만나려면 화단에서 조금 거리를 두고 앉아 숨을 죽인 채 아주 조용히 기다려야 했다. 학교 안에서 이만큼 고요한 곳이 또 있을까?

여레는 여기에 올 때만큼은 늘 혼자였다. 나도 여기서 마주치기 전까진 여레가 학교 고양이들의 밥을 챙기고 있는지 몰랐으니까, 지은과 나현도 아마 모를 거였다.

처음엔 늘 학교 친구들에게 둘러싸여 있는 여레가 혼자 있는 모습이 조금 낯설었다. 그리고 얼마 지나지 않아, 나는 여레 같은 아이들이 혼자서는 아무것도 하지 않을 거라고 생각했던 게 미안해졌다.

여레가 많은 사람들에게 나눠 주는 온기는 그 애의 다정함과 애정이겠지. 여레가 자기의 애정을 온전하게 한 대상에게만 쏟는 공간에 나도 들어와 있다고 생각하니, 이 고요를 조금 더 누리고 싶었다.

나는 가지고 태어난 온기가 많은 사람들만 그만큼의 애정을 나눠 줄 수 있는 거라고 생각해 왔다. 하지만 일정한 온기의 애정을 널리, 꾸준히 나눠 준다는 건 끝없는 노력과 배려가 필요한 일인지도 모른다. 여레가 자신이 아끼는 대상을 바라보는 눈을 보면서 그런 생각이 들었다.

　"여레야, 너 처음 봤을 때 말이야."

　"그게 언제였지?"

　"그때, 복도에서 부딪힐 뻔했을 때. 내 초코킥킥 보고 아는 체했잖아."

　아아, 자기가 생각해도 웃긴지 여레가 소리 내어 웃었다.

　"나는 네가 꼭 웹 드라마에 나오는 애 같다고 생각했어."

　"그래? 어떤 장르?"

　"그것까진 모르겠어."

　"그게 중요한데! 스릴러나 공포, 이런 건 아니지?"

　하얀 얼굴에 새까만 머리카락, 어쩐지 공포물과도 잘 어울렸다. 나는 대답 대신 의미심장한 미소만 지었다.

　"고가든, 우리 그때 처음 본 거 아닐걸?"

　"정말? 언제 처음 봤어?"

　"헐. 진짜 기억 안 나?"

　언제지? 도서실에서 마주친 적이 있었나? 아니면 급식실? 매점?

　"우리 전생에 아는 사이였잖아!"

"아, 뭐야."

푸하하, 여레가 웃음을 터뜨렸다. 전생이라니. 나는 초등학생 시절 이후로는 전생이나 사후 세계, 그런 걸 궁금해한 적이 없다. 그러고 보면 여레는 당장 보이지 않는 것들에 늘 눈길이 가는 모양이다.

정말 전생이 있다면. 이번 생에서 아무것도 바라지 않고 나에게 다가와 준 사람들, 기꺼이 먼저 온기를 나누어 준 사람들에게 일일이 그 이유를 묻지 않아도 된다. 이미 그렇게 되도록 만들어져 있었으니까. 일만 번을 거듭 태어나도 일만 번만큼 다시 만나도록 정해져 있었을 테니까. 인연의 이유와 조건을 찾는 건 하나도 중요하지 않다.

"콩이는 잘 지내겠지?"

여레가 가만히 고양이를 보며 말했다. 잘 지낼 거야, 좋은 사람과 같이 있으니까. 나는 마음으로 대답했다.

"나중에 크면 말이야. 마당이 한 100평 정도 되는 단독 주택을 짓는 거지. 그래서 갈 곳 없는 강아지들을 많이많이 데려와서 밥도 주고, 마음껏 뛰어놀게 하는 거야."

"100평이면 어느 정도야?"

"몰라. 우리 학교 운동장쯤 되지 않을까?"

"그럼 강아지들 실컷 데려올 수 있겠다."

"나무도 많이 심어야지."

나무 부자가 될 거야, 여레가 덧붙였다. 여레라면 충분히 할 수 있을 거란 생각이 들었다.

"지난주에 책방 갔을 때, 문 닫혀 있었잖아. 유기 동물 보호소에 봉사 나가서 없었던 거래."

여레가 고개를 끄덕였다.

"언니랑 아저씨, 정말 멋진 어른들이야."

평소처럼 장난기가 묻거나 들떠 있지 않고, 차분히 가라앉은 목소리였다. 눈이 마주치자 여레가 소리 없이 웃었다. 나는 저런 미소를 짓는 사람들의 마음을 아주 잘 안다. 그런 마음이라면 얼마든지 들어 주고 싶다. 얼마든지 북돋아 주고 싶다. 늘 여레가 그래 주었던 것처럼.

"여레야, 우리도 같이할래?"

"뭘?"

"봉사 활동 말이야."

머릿속에서는 어느새 그려지고 있었다. 이미 예전부터 나와 이어져 있던 사람들, 서로를 끌어당기던 인력으로 마침내 마주하게 된 사람들이 모여 앉은 모습이.

"응. 좋아!"

여레가 나를 보며 미소 지었다. 그 애의 눈이 반짝였다.

나는 아주 오래전부터, 이 순간을 기다려 왔다고 느꼈다.

작품 해설

마음의 정원(庭園)

오세란(청소년문학 평론가)

고양이, 돌고래, 아이돌, 북 카페…… 언뜻 무관해 보이는 단어들을 소리 내어 읽기 시작하자 신기하게도 단어들이 헤쳐 모이며 이런저런 이야기를 들려준다. 바로 『우리의 정원』이 이야기를 만드는 방식이다. 작품 속 주인공 정원은 휴대폰으로 트위터에 접속해 아이돌 그룹을 '덕질'하고 북 카페에서 친구들과 책을 읽고 길고양이를 돌본다.

여느 작품에도 종종 등장하는 일상의 무심한 장면들이 이 작품에서 유독 선명하게 그려지는 까닭은 왜일까? 그것은 이러한 모습이 단순한 풍경이 아니라 현재를 사는 청소년들의 삶의 핵심임을 작가가 예리하게 포착하고 있기 때문이다.

안전하지만 외로운 마음

정원은 조용한 성품으로 대인 관계에 영 서툴다. 정원의 MBTI 유형은 I로 시작하는 매우 내성적인 성향임이 분명하다. 독자에 따라 자신과 비슷하다고 느낄 수도, 그렇지 않을 수도 있지만 정원이 마주한 숙제는 조금 큰 세상으로 한 걸음 나아가야 하는 청소년이라면 충분히 공감할 수 있는 것이다.

> 나는 사람과 사람이 만나 서로를 끌어당기는 과정이 너무 의아하고, 또 신기하다. 일만 개의 관계가 있다면, 양쪽을 끌어당긴 일만 개만큼의 연이 있었을 텐데. 아무리 생각해도 그런 건 어떻게 만들어지는 건지 감이 오지 않는다.(15쪽)

관계에 서툰 정원은 사람과 사람이 어떻게 연을 맺는지 감이 오지 않아 친구들에게 선뜻 다가서지 못한다. 사람들의 마음속 작은 점들은 어떻게 이어져 선이 될까? 정원은 관계 맺기라는 숙제 앞에서 가장 안전하지만 외로운 답을 택한다. 다름 아닌 그룹 에이세븐과 정원 자신만의 세계에 머무르는 것이다. 그는 팬심을 통해 사랑을 배우고 타인을 알아 간다. 정원은 에이세븐 멤버 한 사람 한 사람을 떠올리며 그들의 성격을 관찰하고 자신의 일상에 에이세븐의 모습을 포개 본다. 그들을 생각하며 아침에 눈을 뜨고 그들에게 밤 인사를 보내며 잠든다.

이 작품은 '아이돌 덕후'를 진지한 주제로 가져온다. 지금까지 여러 청소년소설에서 단편적으로 등장하던 아이돌 그룹을 좋아하는 에피소드는 이 작품에서 비로소 본격적인 중심 서사로 다루어진다. 우리나라처럼 아이돌 그룹의 인기가 높은 나라에서 이런 이야기가 드물다는 것은 의외다. 그것은 여성 청소년들이 중심이 된 팬클럽 활동이 오랜 기간 지나치게 폄하되어 온 까닭도 있고 덕질을 일종의 현실 도피나 시간 낭비로 여겨 온 때문이기도 하다.

그런데 정원은 왜 자신이 에이세븐의 팬이라고 주위에 말하지 못할까? 그가 에이세븐 이야기를 쉽게 꺼내지 못하는 까닭은 에이세븐을 향한 마음이 진심이기 때문이다. 사랑은 비밀로 남겨 두어야 상처받지 않는다. 아이돌 그룹을 좋아한다고 말하는 순간, 사람들은 정원의 감정을 한때 겪고 지나가는 대수롭지 않은 이벤트 정도로 여기거나 정원에게 소중한 에이세븐마저 그저 그런 인물로 만들어 버릴지 모른다. 정원이 에이세븐을 좋아하는 특별한 마음은 사람들의 시선에서 볼 때 그저 그런 덕질에 불과할 수도 있다.

다만 혼자만의 사랑은 안전하지만 마음을 털어놓을 곳이 없어 외롭다. 다행스럽게 정원에게는 에이세븐 이야기를 실컷 할 수 있는 온라인 친구 달이가 있었다. 달이와 에이세븐에 대해 이야기하는 몇 분의 시간은 정원의 하루 일과 중 가장 소중한 시간이었다. 그러나 디지털 공간과 아이돌 그룹을 사랑하는 일은 일방적으로 관계가 끝날 수 있다는 공통점이 있고 그 일이 실제로 일어난다. 디지털 공간에서 만난 덕메(덕질 메이트), 친구 달이가 갑자기 사라진 후 정원은 더욱 깊은 상실감을 경험한다. 정원에게는 가까이에서 손잡아 줄 누군가가 필요하다.

내가 속한 모든 세계

달이가 사라져 공허함에 빠진 정원에게 가까이 있는 학교 친구들이 다가온다. 에이세븐을 좋아하는 공통점 하나로 정원에게 손을 내민 여레, 지은, 나현이다. 정원이 MBTI 상 가장 내성적인 성향에 가깝다면 친구 여레는 정반대인 'E' 성향일 것이다. 선하고 적극적이고 따뜻하고 유머 가득한 친구들 덕분에 정원은 학교에서 처음으로 소속감을 느낀다. 친구들과 에이세븐 멤버가 좋아하는 초콜릿을 나누어 먹고 에이세븐 멤버가 읽는 책을 함께 읽으며 친구들이 쓴 팬픽을 감상한다. 세 친구들 덕분에 소중한 우정의 의미를 깨달은 정원은 이제 자신이 도울 수 있는 친구에게 시선을 돌린다.

정원은 '프로아나'로 불리는 과도한 다이어트에 몰두하는 친구 혜수를 돌아본다. 어딘가 부자연스러운 혜수의 식습관을 보며 정원은 혜수의 트위터를 검색하여 그를 관찰한다. 온라인 공간에서 만난 이에게 훨씬 마음을 열어 놓는 혜수에게서 자기 자신을, 혹은 달이를 발견한 정원은 조심스럽고 신중하게 친구를 돕고자 한다.

최근 메타버스라는 단어가 자주 회자되지만 디지털 환경의 뉴

미디어는 청소년에게 또 하나의 일상 공간으로 자리 잡은 지 오래다. 주로 오프라인 친구들과 연락하기 위해 사용하지만 취미나 관심사에 따라 온라인 만남이 자연스럽게 이루어지기도 한다. 취향이 비슷한 사람끼리 하나의 해시태그를 중심으로 모인다. 정원의 친구들이 링크한 '돌고래 방류를 위한 온라인 청원'은 자신들의 관심에서 비롯된 작은 행동이지만 동시에 사람들의 마음을 잇는 일이다. 내가 좋아하는 것을 너도 좋아한다면 우리는 그것을 함께 지키는 친구가 될 수 있다. 돌고래, 골목에서 만난 고양이나 강아지 그리고 아이돌 그룹 그 어떤 것이라도 말이다.

사실 디지털 환경은 실제 삶과는 차이가 있다. 그래서인지 디지털 공간을 배경으로 삼은 작품들은 다소 보수적이고 방어적인 경우가 적지 않았고 부정적 상황에 대한 경계심에 주로 무게 중심이 실렸었다. 이 작품은 디지털 공간을 활용하는 새로운 세대의 의사소통을 긍정적 시선으로 접근한다. 디지털 공간은 나의 전체가 아닌 보여 주고 싶은 부분만 편집해서 보여 줄 수 있으나 그것을 단순히 왜곡이라고 말할 수 없다. 우리에게는 다양한 자아가 있으며 디지털 공간에도 엄연히 마음 한 조각이 담긴다. 혜수가 '프로아나'라는 해시태그로, 정원이 '에이세븐'이라는 해시태그로 자신들이 몰두하는 가치를 온라인에 공유하듯 온라인은 한 사람의 또 다른 진실을 보여 주는 공간이다. 이 작품은 자신의 관심사나 취향을 통해 타인과 관계를 맺고 서로의 삶에 영향을 주는 공간의 의미를 짚는다.

『우리의 정원』은 먼 곳에 있는 이와 가까이 있는 사람, 온라인과 오프라인이라는 공간, 화면에 보이는 사람과 내가 손잡을 수 있는 사람 그 모든 경로를 돌며 사람과 사건을 엮어 아름다운 별자리로 만든다. 자신이 마음을 주었던 모든 자리를 공정하게 대하며 함부로 폄하하지 않고 일상에 따스하게 녹여 낸다. 온라인과 오프라인 공간은 이제 하나의 유니버스다.

좋아하는 것과 동행하기

어느덧 또래 친구와 우정을 나누는 숙제를 해결한 정원에게 고민이 한 가지 더 남아 있다. 어떤 어른이 될 것인가? 하는 문제다. 청소년은 자신의 미래에 대해 항상 불안과 부담을 안고 있다.

나도 10년쯤 지나면, 저런 어른이 될 수 있을까? 유능하고 멋진, 모든 면에서 만족스러워 보이는 그런 어른이 될 수 있을까? 아니, 그 전에 어른이 될 수 있긴 한 걸까. 스무 살이 되기 전에 몇 번의 시험을 더 치르고, 축제나 체육 대회 같은 행사들을 얼마나 더 견뎌야 하는지 대충 세어 보았다. 아마 그사이에 지겨워서 죽어 버릴지도. 나는 한숨처럼 길게 숨을 내쉬었다.(49쪽)

청소년이 자신의 미래를 상상하기 힘들 때 주위에 있는 긍정적인 롤 모델은 그들의 불안을 희망으로 바꾸어 주는 역할을 한다. 다행스럽게 정원의 곁에는 그 역할을 멋지게 맡고 있는 청년들이 있다. 이들은 차분히 자신들이 좋아하는 일을 하며 씩씩하게 삶을 열어 간다. 학교 상담 교사는 때로 전혀 교사답지 않은 모습을 보이는 고양이 집사지만 최선을 다해 학생과 고양이를 두루 보살핀다. '쿠쿠 책방'의 젊은 주인 부부도 마찬가지다. 고래 덕후로 고래에 빠진 모습이나 유기견을 돌보는 장면은 환경 운동이라는 커다란 담론이 아닌 내가 좋아하는 것을 아끼는 작은 마음이 실천이 되어 일상에서 자리 잡는 모습을 보여 준다. 아이돌 그룹 에이세븐마저도 정원의 성장을 돕는 든든한 조력자다. 그들은 모두 정원과 가장 가까운 세대의 어른으로, 어떻게 성장해야 할지 고민하는 청소년들에게 삶을 엿볼 기회를 제공해 준다.

이 작품은 밤새 좋아하는 노래를 듣고 책장을 넘기던 청소년이 자라 어른이 된 후 자신이 좋아하던 것을 잃지 않고 도리어 작고 귀한 것을 하나씩 보듬어 자신의 삶으로 품는 젊은 세대들의 소박하고 새로운 풍속을 보여 준다. 이야기는 언뜻 '기호', '취향', '관심사' 등의 일상을 말하는 듯 보이지만 정원에게는 쿠쿠 책방 나들이나 에이세븐 공연 관람, 그들의 음악을 듣는 잠시의 시간조차 엄밀히 보면 일상 속 비일상의 시간들이다. 일상에서 멀리 떠나지 않고도 잠시 일상을 내려놓는 시간이 있기에 청소년 시기에는 잠시 웃을 수 있고 다시 힘을 낼 수 있다. 그런 소소하지만 행복한 경험은 어른이 되어 어떤 길을 걸어야 할지 망설

일 때 새로운 문을 열어 주거나 인생의 가장 귀한 동행이 되기도
한다.

정원에게 주어진 일상 속 비일상의 경험들은 결국 정원의 마
음에 싹을 틔우고 꽃을 피운다. 주위 친구들이 함께 가꾸어 준
정원의 마음은 풍요로운 마음의 정원(庭園)이 된다. 여러분의 정
원에도 좋아하는 것들을 하나씩 채워 나가며 새 시대에 어울리
는 성장의 지도를 마음껏 그려 나가기 바란다.

작가의 말

몇 년 전 일이다. 친구 둘과 골목길을 걷다가 죽은 새를 발견했다. 죽은 새를 수습해 주고 싶은 마음이 둘, 그냥 지나치고 싶은 마음이 하나였을 것이다. 아무에게도 말할 수 없었지만, 그때 나는 당장이라도 울 것처럼 붉어진 눈을 하고선 한참이나 발걸음을 떼지 못하던 두 사람이 조금은 낯설었던 것 같다.

지금의 나는, 죽은 새를 굽어보지 않고 그저 꼿꼿하게 서 있던 그때의 내가 더 낯설고 먼 사람처럼 느껴진다. 내 친절을 어디까지 내어 줄 수 있는지, 받을 것을 기대하지 않고 기꺼이 마음을 쓸 수 있는 선을 어디에 그을지. 그 고민들이 지난 몇 년 동안 내 마음속에 아주 오래 머물러 있었다. 지금 내가 그때보다 더 친절과 측은지심을 멀리까지 내어 주려고 노력하게 된 것은, 두 친구를 보고 배운 덕분이다.

기꺼이 정원이와 마주 앉아 준 사람들, 그들은 나의 두 친구에게서 한 부분씩을 떼어 내 만들었다. 두 친구에 대한 사랑을 담아 이 이야기를 썼다.

이 이야기와 정원이를 따뜻하게 봐 주신 사계절문학상 심사위원 선생님들과 초고에서 울퉁불퉁 날이 서 있던 부분을 매끄럽게 다듬어 온기를 더해 주신 사계절출판사 편집부에 깊은 감사를 전한다. 그리고 사랑하는 엄마, 아빠. 요령 피우지 않고, 쉽게 얻으려고 하지 않고, 단정하고 성실하게 사는 삶의 자세를 두 분에게서 배웠다고 꼭 말하고 싶다.

처음 이 이야기를 쓸 때는 정원이와 독서 모임 세 친구의 이야기를 쓰고 있다고 생각했다. 완성된 글을 읽고는, 이건 정원이와 혜수의 이야기라는 생각이 들었다. 다시 읽었을 때는 정원이와 달이의 이야기 같기도 했다. 그러다 결국, 정원이와 모두가 이어지는 이야기라고 생각하기로 했다. 그렇게 예상하지 못하는 사이에, 누군가와 맞닿아 하나의 이야기를 만들기도 한다.
우리가 보이지 않는 선으로 연결되어 있다고 생각하면, 서로에게 얼마든지 친절을 내어 줄 수 있다. 그 믿음이 나를 살아가게 하고, 또 쓰게 할 것이다.

2022년 가을, 김지현

↳ 사계절 청소년문학 유튜브 호호책방
『우리의 정원』편 보기

우리의 정원

2022년 9월 22일 1판 1쇄
2024년 6월 30일 1판 5쇄

지은이 김지현

편집 김태희 장슬기 윤설희 최경후 디자인 김효진
제작 박흥기 마케팅 이병규 김수진 강효원 홍보 조민희

인쇄 천일문화사 제책 J&D바인텍

펴낸이 강맑실
펴낸곳 (주)사계절출판사 등록 제406-2003-034호
주소 (우)10881 경기도 파주시 회동길 252
전화 031)955-8588, 8558 전송 마케팅부 031)955-8595 편집부 031)955-8596
홈페이지 www.sakyejul.net 전자우편 literature@sakyejul.com
블로그 blog.naver.com/skjmail 페이스북 facebook.com/sakyejul
트위터 twitter.com/sakyejul 인스타그램 instagram.com/sakyejul_teen

값은 뒤표지에 적혀 있습니다. 잘못 만든 책은 구입하신 서점에서 바꾸어 드립니다.
사계절출판사는 성장의 의미를 생각합니다.
사계절출판사는 독자 여러분의 의견에 늘 귀 기울이고 있습니다.
이 책은 저작권법에 따라 보호받는 저작물이므로 무단전재와 복제를 금합니다.

ISBN 979-11-6094-970-4 44810
ISBN 978-89-5828-473-4 (세트)